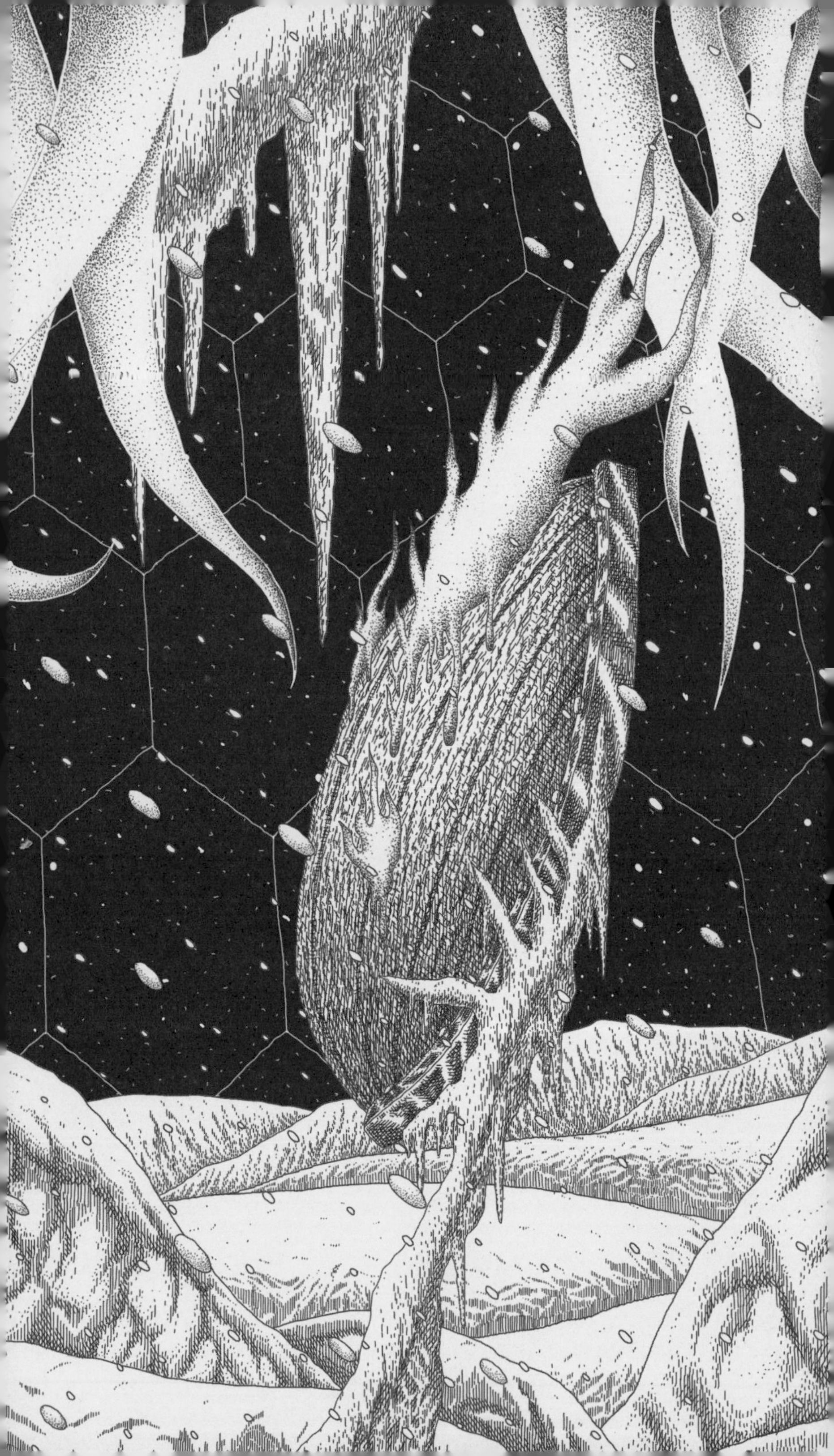

# 대장장이 왕 5

허교범 소설

나, 이름 없는 관찰자가

사실과 상상이 뒤섞인 기억을 고백한다

위즈덤하우스

# 차례

# I

## 무의 군대가 전쟁의 제단에 들이닥치고 여섯 마리 말이 도망친다

에젠성은 제국 전체 지도를 펼쳐 놓고 보자면 남동쪽으로 치우친 위치에 있다. 이중으로 성벽을 두른 이 성이 제국 이전에 존재하던 나라의 수도라는 사실에 대해서 의문을 표하는 사람들은 그 점을 지적했다. 수도라면 마땅히 땅의 중심이나 그 근처에 있어야 하는 법인데 에젠성이 위치한 곳은 너무 변두리였다. 게다가 에젠 땅 전체가 황량한데 굳이 기름진 서쪽 땅을 두고 그런 곳에 수도를 지은 것도 이상한 일이라고 했다.

하지만 그렇게 지적하는 사람들이야말로 역사를 잘 모르고 있었다. 제국 이전의 나라는 한때 매우 작았고, 그래서 에젠성이야말로 그 땅의 중심이었던 시절이 있었다. 게다가 그때는 땅이 황폐해지기도 전이라 서쪽의 푸른 초원이 동쪽 바다까지 이어져 있었으니 에젠성과 그 주변은 살기 좋은 땅이었다. 현재 상황만 기준으로 삼아 과거를 평가할 때 저지르기 딱 좋은 실수였다.

제국이 세워지고 변두리 땅이 된 에젠성은 다시 중심지가 되려고 기지개를 켜는 중이었다. 한때 에젠 공이라고 불렸던 원래 주인은 에젠 성주가 되었고, 한때 제국의 황제였던 오셀롯 펠리스가 에젠 공이라는 이름을 차지해 제국에 대한 반역을 준비하고 있었다. 그는 주변의 대장장이들을 끌어모아 무기를 만들고 루 도인 부대의 지원을 받았다. 그들은 수로 보자면 겨우 몇백에 불과했지만 한 사람당 열 명, 백 명을 상대할 수 있는 무서운 전사들이었다.

에젠성 주변에는 이제 밤이 사라졌는데 해가 져도 대낮같이 불을 밝히고 일하는 자들이 넘쳐 나는 탓이었다. 에젠 공 오셀롯은 신중하게 병사들을 모으고 장군을 임명하고 물자를 준비했다.

그런 일들은 제국의 까마귀들이 모르고 넘어갈 수 없었다. 까마귀가 아니어도 알 수 있었는데 그 주변에 사는 사람들은 에젠성 쪽으로 고개만 돌려도 밤에 사방으로 불빛이 퍼지는 것을 확인할 수 있었다.

루 도인 군대를 관찰한 사람들과 밤에도 환한 불빛을 본 사람들이 힘을 합쳐 새로운 미신을 만들어 냈다.

–에젠성에서 악마들의 군대를 부르고 있다지?

–에젠성에서는 사람 하나를 제물로 바쳐 옛날 전설에 나

오는 군인 하나를 소환한대. 피를 뒤집어쓰고 태어나는 병사들은 평범한 쇠붙이로 만든 칼이나 몽둥이로는 해칠 수도 없다는데?

–그렇다면 이길 방법이 없는 거잖아? 우리 군대는 싸우기만 해도 다 죽겠네?

그런 흉흉한 소문들은 허무맹랑하게 들렸지만 아주 작은 진실을 품고 있었다. 무언가 두려운 일이 에젠성으로부터 시작될 예정이었다.

까마귀들의 보고는 사람의 목소리와 종이에 물든 글자와 서두르는 발걸음과 달리는 말의 땀을 거쳐 까마귀들의 수장 작에게 고스란히 전달되었다. 작은 언제든지 황제를 독대할 수 있는 위치에 있었지만 아직은 관망하는 중이었다. 그는 전쟁의 승패가 까마귀들의 안위와 무관함을 알았다. 누가 승자가 되더라도 제국을 다스리려면 까마귀가 필요했다.

그렇게 괴소문이 조금씩 영토를 늘리는 사이 에젠의 새 주인인 오셀롯도 서둘러 동맹을 구했는데 대상이 된 나라는 전부 셋이었다.

먼저 에젠의 오른쪽 위에 붙은 놋이었는데 놋 왕은 달리 설득하지 않아도 쉽게 같은 편이 되어 주었다. 전쟁에서 승리해 루 도인이 새 땅을 얻으면 지금 루 도인이라고 부르는 땅을 전부 놋의 영토로 만들어 주겠다고 약속한 덕분이었다.

두 번째는 루 도인에 사는 사람들이었다. 루 도인에는 루 도인이라고 불리는 인간들 외에 다른 사람들도 살았는데 아베로에스에게 반감을 품은 일부가 오셀롯이 히드론 초원 지대를 주겠다고 약속하는 것을 믿고 동맹이 되었다. 다만 루 도인의 사제를 찾아가 경고했던 아베로에스를 따라 대부분의 루 도인 사람들은 그 제안을 거부했다. 그들은 옛 황제의 탐욕을 믿지 않았고 루 도인의 저돌적인 성향을 걱정했다.

세 번째는 애커였는데 그들은 돈을 주는 사람이 주인이라는 말을 신조로 삼고 있어서 설득하기가 어렵지 않았다.

오셀롯은 마법사 왕국을 동맹으로 만들지 못하는 것이 찝찝했지만 따로 사람을 파견하지는 않았다. 그의 측근인 에젠 성주가 이유를 물었다.

–마법사들을 이용하는 것은 불을 다루는 것과 비슷하지. 잘 다루면 유용하지만 잘못하면 내 집을 홀랑 태울 수도 있다는 말이네. 마법사들은 전쟁이 나도 자기들의 작은 땅만 무사하다면 나서지 않을 족속들이야. 그러니까 그 작은 고치에 틀어박혀 벌레처럼 웅크리고 있게 놓아두면 그만이지.

마법사들도 결국에는 전쟁에 휘말릴 운명이었지만 에젠 공의 의견도 틀린 것은 아니었다. 마법사들은 자기들이 위험에 빠지지 않는 이상은 주변의 일에 깊게 끼어들려고 하지 않았다. 그런 의미에서 보면 대장장이 왕을 구한 것은 예외적인 일이었다. 어째서 그런 일이 일어났는가를 아는 사람은 마법사 왕국을 다스리는 왕 라토와 그의 동생 아리셀리스뿐이었다.

그 무렵 루 도인의 어린 장군이자 오셀롯에 의해 대장군으로 임명된 무는 초조함을 감추지 못했다. 그는 당장이라도 뛰쳐나가서 제국을 무너뜨리고 싶은 열망으로 가득 차 있었다. 에젠 공 오셀롯에게 잠시 힘을 빌려주는 것이 아니라 처음부터 그것이 필생의 숙원인 양 행동했다.

-준비가 다 끝나지 않았다고 해도 우리는 이미 황제보다 한 달 반 이상 앞서 있는 것이 아닙니까? 적들도 이미 우리가 하는 일을 눈치챘을 것입니다. 그리고 벌써 여름이 끝나 가을이 오고 있습니다. 내년 봄은 너무 늦으니 겨울이 오기 전에 결판을 내야 합니다.

주먹을 불끈 쥐고 열변을 토하는 무의 모습은 가히 볼 만한 것이었다. 그 증오는 젊은이답게 꺼지지 않고 타올라서 때로는 그의 몸을 녹이며 기세를 얻는 것처럼 보일 때도 있었다.

오셀롯은 이제 겨우 성인이 된 주제에 정말 대장군처럼 구는 무에게 짜증이 나기 시작했다. 그러나 겉으로는 그를 양아들처럼 대우했는데 에젠 땅의 미약한 생산력과 적은 인구로는 제국을 상대로 전쟁을 벌이는 것이 무모하기 때문이었다. 그의 승리는 에젠에 주둔하는 제국군 절반과 루 도인에게 달려 있었다. 다른 부하들이 불만을 토로해도 지금은 루 도인을 특별 대우하는 수밖에 없었다.

대신 나중에 전쟁이 끝나면 루 도인은 한번 피 맛을 본 사냥개와 같아서 집에서 기르기 위험한 짐승이 될 것이다. 그때 루 도인을 처리할 기회가 따로 있었다. 당장은 비위를 맞춰 주어야 했다.

–그렇게까지 원한다면 적은 병력을 이끌고 가까운 곳을 공격해서 적에게 공포를 심어 주는 것도 좋겠군. 우리에게 루 도인 병력이 얼마나 되지?

–150명씩 네 부대이니 모두 600명입니다.

인구가 많지 않은 루 도인으로서는 한껏 정성을 낸 결과물이었다.

–그중 한 부대만 가지고도 결과를 낼 수 있다면 허락해 주겠네. 우리의 진군 방향은 수도로 직접 향하는 것이 아니라 먼저 해안을 끼고 전쟁의 제단으로 나아갈 생각이야. 그다음에 북상해서 수도로 진격하는 거지. 그전에 전쟁의 제단에서 첫 황제를 승리하게 해 주신 신에게 다시 돼지를 바치고 빌 생각이네.

루 도인은 그 신을 대장장이 신이라고 생각했지만 제국은 대대로 대장장이 왕과 사이가 악화되면서 다르게 생각하고 있었다. 이름을 알 수 없는 신적인 존재가 그들의 승리를 도왔다고 여겼다. 때로는 전쟁의 제단 옆 바다를 지나던 바다의 신이 응답했다고 말하는 일도 있었다. 사제에게 제국이 대장장이 신을 싫어한다고 교육을 받은 무는 입을 다물고 고개만 끄덕였다.

–가서 나를 위해 전쟁의 제단을 점령하게. 그곳에서 신이 내게 승리를 주실지 점쳐 볼 수 있겠지.

무는 황제의 처소를 단숨에 달려 나와 미리 대기하라고 명령해 두었던 병사들을 소집했다. 그가 뛰쳐나가는 모습을 보면서 황제는 혼자 중얼거렸다.

–대장군의 행동이 너무 어리구나. 그래도 고집은 세지 않아야 할 텐데.

황제는 이어서 들어온 에젠 성주가 그의 말을 몰래 듣기라도 한 것처럼 대장군의 험담을 늘어놓는 것을 들었다. 성주의 말에 따르면 인간을 분류하는 방법으로 놓고 볼 때 대장군은 권위에 복종하지 않는 야생마에 해당하는데 그런 인물에게는 관직을 주지 않는 것이 원칙이라고 했다.

–어린아이처럼 대공께서 들어주실 때까지 떼를 쓰는 모습

을 보십시오. 저런 자에게 우리 군대의 진퇴를 맡긴다면 승리할 수 있겠습니까? 애초에 저 녀석이 루 도인 군대의 장군이 된 것도 가장 싸움을 잘한 덕분이라고 합니다. 루 도인은 아직도 그런 원시적인 방법으로 장군을 뽑는다는군요.

– 이런 이런, 그라스.

에젠 성주는 오셀롯이 자기의 성 대신 이름을 부르자 겸연쩍어했다. 그가 젊었던 시절에는 오셀롯이 항상 그렇게 불렀으나 참으로 오랜만이었다.

– 어째서 그 어린 친구에게 질투하는가? 그대가 아는 것은 나도 다 알고 있지. 하지만 저 미숙하고 남과 다투어 뽐내는 것을 좋아하는 젊은이를 움직이기에 그런 허울 좋은 자리보다 나은 방법이 있던가? 그는 어차피 자기 부하를 이끌고 별동대처럼 움직이게 될 것이니 실제로 우리 군대를 통솔하는 것은 그대의 역할이네.

에젠 성주 그라스 시비스는 옛 황제 앞에 고개를 숙였다. 그가 밖으로 나왔을 때 주변이 소란스러웠는데 출진하는 무의 부대를 보기 위해 구경꾼이 사방에서 몰려든 탓이었다.

무가 제일 먼저 에젠 공에게 끌고 온 부대 150명은 루 도인 중에서도 정예라고 부를 만했다. 그들은 무의 말이라면 자기의 생명을 바치는 것도 아까워하지 않을 것이다. 그라스는 그들이 여러모로 마음에 들지 않았는데 무에게 충성을 바친다는 점부터 시작해서 부대 편성이 150명 단위라는 것도 불만이었다.

–100이라는 숫자가 있는데 굳이 150이라니. 루 도인들은 숫자를 세는 감각도 부족한가?

–말을 아끼고 생각을 숨기는 것이 지혜의 본질이라고 하지 않습니까? 불만은 감추어 두십시오. 어차피 저들은 끝내 황제의 사랑을 받지 못할 테니까요.

등 뒤에서 들리는 말이 섬뜩해서 돌아보니 그의 부인이었다. 언제나 꼿꼿하게 선 머리 장식이 망가질까 봐 사람이 많은 곳을 꺼리는 그녀가 웬일인지 한낮에 인파 가운데 나와 있었다. 옷차림이 외출용으로는 지나치게 번잡스러워 양쪽에서 하녀들이 뒤따르고 있었다.

–어쩐 일입니까?

–모두와 같습니다. 루 도인의 군대가 출정하는 모습은 쉽게 볼 수 있는 것이 아니지요.

본래 루 도인들은 제국이나 다른 나라 사람들과 비교해 체구가 크지 않았다. 그들이 날쌘 움직임을 보이는 것은 신체 능력 덕분이기도 하지만 작은 덩치로 인해 생겨나는 눈속임도 있었다. 평소 루 도인은 루 도인 땅에서 나는 작은 말들을 타고 다녔는데 지금은 먼 옛날 유사 말과 피가 섞였다고 전해지는 제국산 말에 올라 있었다. 엉덩이 근육이 탐스럽게 솟은 거대한 말들과 비교하자니 루 도인의 체구는 더 오그라든 것처럼 보였다.

그들의 장군이자 지금은 오셀롯이 이끄는 군대 전체의 대장군인 무의 체구가 그나마 다른 이들보다는 약간 더 컸다. 그래도 그라스가 보기에 그의 모습은 좋게 보아야 막 성인식을 치른 앳된 군인의 첫 출전에 가까웠다.

- 황제다. 황제가 오셨다.

사람들이 혼란스럽게 떠들어 댔다. 첫 출진을 앞두고 나타난 오셀롯은 무에게 다가가 그를 축복하고 나서 모인 사람들을 보았다. 사람들은 그의 연설을 기대했으나 황제라고 불린 이는 얼굴을 잠깐 찌푸리더니 손을 들어 그들을 치하하고 바로 발길을 돌렸다. 사람들은 자연스럽게 좌우로 갈라져 황제 일행이 지나는 길을 열어 주었다.

그라스는 고개를 돌려 자기 부인을 보았다. 그녀는 남편의 팔을 잡아끌었다. 이만하면 되었으니 돌아가자는 신호였다. 그라스는 무의 자신만만하고 기분 나쁜 얼굴을 마지막으로 쳐다보고 내키지 않는 듯한 태도로 끌려갔다.

공격하는 쪽에서는 갑작스럽다고 생각했지만 수비하는 쪽

에서 보기에 이 공격은 기습이라고 할 수 없었다. 이미 오래전부터 공격의 조짐이 있었다. 에젠 땅과 전쟁의 제단 사이를 어슬렁거리는 까마귀들은 시체보다 정보를 더 좋아했다. 인간 까마귀들이 물어 온 정보는 적절히 사람들에게 분배되었다.

전쟁의 제단, 그러나 사람들이 흔히 전쟁의 도마라고 부르는 장소는 오랫동안 제국의 관광지였다. 살아 있는 역사 교육의 현장이기도 했다. 첫 황제가 신의 계시를 듣고 제사를 지낸 다음 장군들과 함께 반격의 발판을 마련한 곳이니, 죽기 전에 한 번쯤 방문해 볼 만한 곳으로 소문난 유적지였다. 실제로 보면 지나치게 널따란 바위 하나가 있을 뿐이지만 제국 사람들의 눈에는 그렇게만 보이지 않았다.

그들은 아직 젊고 미래가 보장되지 않아 언제든지 패배하고 형장으로 끌려갈 마음의 준비를 하고 있는 황제를, 그를 따르는 스타인과 젤레즈니와 놋을 비롯한 여러 장군의 모습을 떠올렸다. 신께 바친 돼지의 울음소리가 들렸고 피 냄새가 났으며 돼지가 구워지는 것을 바라보며 입맛도 다실 수 있었다. 그러나 세월이 지나 이야기만 남은 그 넓적한 돌은 아무리 보아도 그냥 돌에 불과했다.

관광객과 그들을 상대하는 사람들로 인해 인구가 많아지자 전쟁의 도마 주변에는 자연스럽게 마을이 형성되었고 행정관이 파견되었다. 제국이 전쟁에 들어갈 경우 상대가 누구든 상관없이 그곳은 후방이 될 예정이었고, 그래서 보유하고 있는 병력은 루 도인의 선봉 150명에도 미치지 못했다.

그러나 이곳 행정관은 자기가 맡은 도시의 규모에 비해 훨씬 뛰어난 업무 수행 능력을 지닌 사람이었다. 그에게 더 큰 도시를, 예를 들자면 북쪽에 있는 마곤 정도 규모를 맡겼더라도 능히 감당할 수 있었을 것이다.

그는 까마귀들에게 받은 정보로 에젠성이 보이는 불충한 움직임을 쉽게 감지했다. 까마귀들은 그들의 수장 작에게 특별한 명령을 듣지 못해서 평소처럼 임무를 수행했고, 에젠성에서 반란군을 키우고 있다는 것은 제국에서 딱히 비밀도 아니었다.

행정관은 침략의 방향이 곧장 제국 수도를 향할 거라고 예상했다. 옛 황제와 지금 황제의 싸움은 결국 상대를 포로로 잡는 사람이 이기는 단순한 규칙이 적용되었다. 자기가 따르는 황제가 잡혔는데 끝까지 저항할 사람은 많지 않았다. 어차피 명분보다 권력에 대한 탐욕이 주가 되는 전쟁이었다.

그러나 행정관은 침략의 방향이 여러 갈래일 가능성도 점쳤다. 그리고 만약 전쟁의 도마가 점령당한다면 관광객과 순례자가 찾아오는 것을 막아야 포로를 줄일 수 있다는 점을 염

두에 두었다.

그래서 가뜩이나 수가 적은 부대의 자원에서 털이 아름답고 근육이 불거져 나온 제국산 말 여섯 마리를 따로 마련해 두었다. 덩치가 크지 않으면서 말타기에 익숙한 병사 여섯 명도 따로 선발해 두었다. 그들은 전쟁의 방향이 엉뚱하게 전쟁의 도마까지 이어졌을 때 당장 출발할 준비가 되어 있었다.

루 도인의 군대가 멀리서 모습을 드러내자 행정관은 당장 그들을 불러 미리 준비한 편지를 나누어 주었다.

-그대들은 목적지까지 달려 그곳의 행정관을 찾아가 내 이름을 대고 그 편지를 전달하면 된다. 돌아올 필요는 없다. 여기는 적의 공격을 버티지 못할 것이다. 그러나 그대들이 전쟁의 양상을 바꾸어 놓을 수 있다.

행정관의 통찰은 정말로 탁월한 것이었다. 그가 보낸 여섯 전령 덕분에 제국은 초기에 단단한 방어망을 구축할 수 있었다. 루 도인 군대가 겨울이 오기 전 제국 수도로 곧장 달리는 일도 일어나지 않았다. 전쟁은 긴 겨울이 끝난 뒤에야 본격적으로 시작되었다.

루 도인 군대의 공격에는 특이한 점이 있었다. 그들은 기마병이 아니라서 말을 타고 싸우는 것에는 능숙하지 못했다. 애초에 루 도인 땅에서 해타라면 모를까 말이라고 하는 생물은 혼하지 않았다. 그들은 제국군 앞에서 말을 전부 세운 다음 앞으로 뛰어내리며 돌진을 시작했다.

제국군은 바위처럼 적을 기다렸다. 루 도인은 순식간에 거리를 좁히며 달려가 상대를 잔잔한 파도처럼 덮쳤다. 그 움직임이 가벼워 파괴하는 힘이 없다고 오해할 수 있지만 지나간 자리에 대항하는 적이 남지 않는 매서운 공격이었다. 모든 동작이 춤추듯 부드러워 눈이 착각을 일으킬 뿐 침략군은 야수처럼 잔인했다.

한 번의 접전이 벌어지고 난 다음에 제국군의 피해는 이미 회복하기 어려운 수준이었다. 그들은 부상자를 치료할 준비조차 되어 있지 않았다. 신음하는 부하들을 본 행정관은 더 피해를 내고 싶지 않아서 항복해 버렸다.

옛적에는 항복한 지휘관을 무조건 처형한다는 규칙이 있었으나 지금은 그런 야만적인 시대가 아니었다. 행정관은 담담히 자기가 지키던 영토를 무에게 넘겼다. 무는 오셀롯에게 몇 번이고 들었던 당부를 떠올리며 약탈과 살육을 금지시켰다.

자기의 관저를 내어 주고 나가는 행정관의 등을 본 무의 부하 중 하나가 달려가서 칼을 꽂았다. 행정관은 신음조차 내뱉지 않고 바닥에 쓰러졌다. 붉은 피가 깨끗하게 청소된 바닥 타일의 금을 타고 줄을 긋듯이 흘렀다.

–무슨 짓이야?

–제국 놈입니다. 우리의 원수지요. 우리도 뭔가 피의 복수를 해야 하지 않겠습니까? 본보기를 보여 주어야지요.

그렇게 말하는 루 도인은 무의 부하이기는 하나 나이를 앞세워 진심으로 복종하기를 꺼리는 자 중 하나였다.

–그러나.

무는 부하에게 다가섰다. 부하는 혀를 날름거리며 자신의 어린 대장이 무엇을 할 수 있겠냐는 듯이 웃었다. 무는 망설이지 않고 옆에 선 병사의 창을 빼앗아 그의 오른팔을 꿰뚫어 버렸다. 공포에 찬 비명은 찔린 자가 아니라 주변에서 나왔다.

–장군의 명령은 생명보다 중요하다. 그렇게 들었을 텐데.

대답은 없었다. 누구도 무 앞에서 찔린 자를 부축하거나 치료해 주지 않았다. 쓰러진 루 도인에게서 흐른 피가 격자를 타고 흐르다가 행정관의 피와 만나서 함께 흘렀다. 무는 그 모습을 물끄러미 보더니 행정관의 집무실을 떠났다.

청소는 그날 저녁에나 이루어졌다. 두 사람의 피가 한 줄기가 되어 구획을 따라 끝없이 흘렀다. 보는 사람마다 앞으로 흘려야 할 많은 피를 책망하는 듯한 그 흐름에 마음이 서늘해졌다.

전쟁의 도마에서 고기를 써나니

흐르는 피는 바위의 피가 아니요, 돼지의 피다.

선생의 도마에서 고기를 집어 먹나니

떨어지는 피는 바위의 피가 아니요, 사람의 피다.

한때 제국에 이 노래를 유행시킨 노래꾼은

당국의 경고를 받았는데,

표면적인 이유는 전쟁의 제단을 전쟁의 도마라고

우스꽝스럽게 표현했다는 것이다.

노래꾼은 그저 어깨를 으쓱하고

제국 수도를 떠나 다시 나타나지 않았다.

노래가 사라지기까지는 좀 더 시간이 걸렸다.

# II

## 마르쿠스가 카니세리움에 쫓기며 플리니 공국을 향해 달린다

사람에게는 시대와 장소를 불문하고 변하지 않는 특징이 있는데 그중 하나는 전쟁을 일으키려는 본능이다. 먹이나 번식을 위해 다투는 것은 어느 동물에게도 흔한 일이나 대규모로 조직을 결성해서 반대편의 목숨을 취하겠다고 나서는 일은 흔하지 않았다. 아무래도 인간은 인간이 너무 미워 죽이지 않고는 견디지 못하는 모양이었다.

그처럼 거창하지는 않지만 재미있는 특징이 하나 더 있다. 어두운 밤에 불을 피워 놓고 추위와 짐승을 쫓으며 앉아 있노라면 불꽃을 응시하게 되고 그러다 보면 이야기를 들려주고 싶은 충동이 피부를 간지럽혀 기침하듯 토하지 않고서는 견딜 수가 없었다.

스타인 서쪽의 낯선 산맥을 뚫으며 북상하고 있는 마르쿠스에게도 그런 충동이 찾아왔다. 듣는 사람은 셋이었는데 둘은 멀쩡했고 하나는 급조한 붕대를 어깨에 둘러 팔을 고정하고 있었다. 부상한 동료를 마을로 데리고 갔던 부하가 기를 쓰고 다시 일행에 합류해서 셋이 되었다.

–어떤 사람이 다른 사람들에게 지혜롭다는 평판을 얻고 싶었지.

마르쿠스의 이야기는 그렇게 시작되었다. 듣는 이들의 눈이 반짝이는 것은 그들이 집중하는 탓도 있지만 일렁이는 불덩이가 그들의 눈동자에도 들어간 까닭이었다.

–그러나 아무리 생각해도 어떻게 해야 지혜로워질 수 있는지 모르겠는 거야. 그런데 어떤 사람이, 세상에는 항상 이렇게 충고하는 사람이 있지. 이야기 속에서나 현실에서나 말이야.

–그렇습니다, 언제나 있지요.

부하 하나가 맞장구를 쳤다. 그들은 낯선 풍경과 배고픈 괴물들에게 둘러싸인 사람들치고는 평온한 분위기였다.

–저기 저 산을 넘어가면 지혜로운 분이 계시오. 그분은 사람들이 대답하지 못하는 것도 척척 대답해 주신다오. 그러니까 그분을 찾아가서 물어보시오. 어떻게 하면 지혜로운 사람이 될 수 있을지.

멀리서 혹은 가까이서, 괴물인지 동물인지 정체를 알 수 없는 울음소리가 들렸다. 이제 산맥 아래에서 괴물과 동물을 구별하는 것은 거리를 재는 것만큼이나 어려웠다.

–지혜로운 사람이 될 수 있다는데 산을 넘는 것 정도는 일도 아니지. 그는 산을 여러 개 넘고 강까지 건너 지혜로운 사람을 찾아갔어. 그 사람은 자신을 찾아온 사람을 보자마자 이렇게 말했지. 너는 지혜로운 사람이 되기 위해 왔구나.

마르쿠스가 이야기꾼이 되는 것은 흔하지 않은 일이었다. 그는 부하들에게 말이 많은 사람이 아니었다. 그러나 막상 이야기를 푸는 솜씨는 나쁘지 않았다.

–그렇습니다, 하고 대답하니까 지혜로운 사람이 대뜸 물었지. 사람과 동물과 용 중에서 무엇이 제일 무서운가? 어려운 질문은 아니었어. 자네들은 뭐라고 대답하겠나?

–용입니다.

–용이겠지요.

–용이 아닐까요?

–지혜로운 사람이 되기 위해 찾아갔던 사람도 그렇게 대답했어. 그러자 지혜로운 사람은 고개를 저었지. 아니다, 그것은 올바른 답이 될 수 없다. 당장 이곳을 떠났다가 내년에 다시 답을 들고 찾아와라.

–그럼 답은 사람이겠군요. 사람이야말로 무서우니까요.

–그 사람도 그렇게 생각했지. 마을에 돌아와서 묻고 다녀

도 용 아니면 사람이라는 대답만 나왔거든. 그래서 다음 해가 되자 다시 산을 넘고 물을 건너 지혜로운 사람을 찾아갔어. 그리고 당당하게 사람이 제일 무섭다고 말했지.

–그랬더니요?

–지혜로운 사람은 또 틀렸으니까 내년에 다시 오라고 했어. 지혜로워지려는 사람은 심통이 나서 이렇게 말했어. 이제 남은 답은 동물뿐인데 뭐하러 내년에 옵니까? 들을 필요도 없습니다.

마르쿠스는 거기까지 말하고 불에 장작을 몇 개 더했다. 그들은 돌아가며 불 당번을 서고 있었다. 괴물들은 불을 무서워했으나 불이 잦아들면 가까이 다가와서 사람을 맛보는 것을 겁내지 않았다.

–그런데 막상 해가 바뀌자 그게 전부가 아니라는 생각이 들었지. 이번에 동물이라고 말하면 지혜로운 사람이 뭐라고 할지 궁금해진 거야. 그래서 참지 못하고 다시 지혜로운 사람을 찾아갔어. 동물이 답이라고 했더니 역시 아니라는 대답이 돌아왔지.

부하들은 이어지는 말을 기다렸다.

–그럼, 대체 무엇이 가장 무섭단 말입니까? 화가 나서 물으니까 지혜로운 사람이 대답했다는군. 그건 그때그때 다르

다가 정답이네.

–허무한 결론이네요.

–아직 끝이 아니야. 고작 그게 정답이냐고 따졌더니 지혜로운 사람은 갑자기 검은 용으로 모습을 바꾸었지. 앞에서 벌벌 떨고 있는 사람에게 용이 충고했어. 두려움이 지혜의 원천이니 상황에 따라 그 대상을 바꾸는 게 당연하지 않은가, 미련한 인간아.

–이젠 정말로 끝인가요?

–조금 남았네. 용은 그대로 날개를 치고 하늘로 날아가 버렸어. 공포에 떨던 사람은 용이 사라지고 난 다음 집으로 돌아왔네. 그리고 정말 지혜로운 사람이라는 평판을 얻었지.

마르쿠스를 따르는 셋은 그가 어째서 그런 이야기를 꺼냈는지 생각해 보느라 잠시 침묵했다. 그러나 생각을 지속하기에는 여정이 너무 고되어 꾸벅꾸벅 졸지 않을 수 없었다. 마르쿠스는 웃으며 자진해서 첫 번째 불 당번을 맡았다.

다음 날 아침이 되자마자 그들은 다시 걷기 시작했다. 길이 예전만큼 고되지 않았는데 이틀째 사람이 만들어 놓은 길을 걷고 있는 덕분이었다. 마르쿠스의 설명에 따르면 그랬다.

–길은 관리하지 않으면 금방 자연으로 돌아가지. 매년 제국이 황제의 대로를 수리하기 위해 막대한 예산을 쓰는 것을

알고 있나? 이 길도 분명 관리하는 사람이 있네. 어쩌면 우리를 지켜보고 있을까?

그러고 나서 길은 거짓말처럼 끊겼다. 앞쪽으로 산지 중에서도 판판한 땅이 이어져 길을 잇기가 어렵지 않았을 텐데도 그랬다.

–이건 무슨 뜻일까요?

마르쿠스는 어깨를 으쓱해 보였다. 그들이 걷고 있는 땅 오른쪽으로는 하늘에 반항하느라 창검을 내민 것처럼 뾰족한 봉우리와 바위들이 늘어서 있었다. 안개가 끼어 바닥이 어디인지 보이지 않았다.

잠시 앉아서 쉬는 동안 다친 부하는 붕대를 갈았고 나머지는 주위의 풍경에 경탄했다.

–어째서 우리 스타인 사람들은 이런 땅을 버려두고 사는 걸까요? 여기서 농사를 지을 수도 있고, 관광지를 만들어도 제국에서 사람들이 몰려들 겁니다.

–그러게. 어렸을 적 할머니한테 들은 이야기로는 이 땅이 온갖 괴물들이 사는 지옥처럼 무서운 곳이라고 하던데 그렇지도 않잖아?

부하 셋은 소리 높여 마음껏 웃었다. 마르쿠스는 주변 지형을 살피고 다음으로 이어질 경로를 찾느라 그들을 말릴 겨를

이 없었다.

소리가 원인이 되었을 수도 있다. 아니면 상처에 감아 두었던 붕대에서 풍기는 피 냄새가 그 땅을 다스리는 주인의 코를 벌름거리게 했을지도 모르는 일이다. 화답은 그들이 낸 소리보다 더 우렁차게 들려왔다.

괴상한 울음소리는 분명 동물의 것이 아니었다. 소리를 들은 사람들은 세상의 풍경이 구겨지는 것 같은 착각을 느꼈다. 어떤 동물도 그렇게 할 수 없었다. 분명 그보다 거대한 몸통에서 나오는 소리였다.

–짐을 챙겨.

마르쿠스가 부하들을 재촉했다. 부하들이 일어나는 순간 마르쿠스는 가볍게 먼저 달리기 시작했는데 그렇게 앞장서야 따르는 이들의 반응 속도를 높일 수 있다는 것을 알아서 나온 행동이었다. 그들은 달리면서 땅이 북처럼 울리는 것을 느낄 수 있었다. 아직 보지 못한 존재의 덩치가 거대하다는 또 하나의 증거였다.

그들은 마르쿠스의 나침반과 관찰 덕분에 플리니 왕국이 있는 북쪽을 향해 곧장 달렸다. 그러나 길을 잃고 헤매는 사람들처럼 사방을 두리번거렸다.

이제 눈에 보일 정도로 가까이 다가온 괴물이 목소리를 높여 그들을 주목하게 했다. 팔을 다친 부하가 신앙이 깊은 신자처럼 겸허하고 낮은 목소리로 그 이름을 불러 주었다.

–카니세리움.

스타인에도 카니세리움에 관한 전설은 흔했다. 긴긴 겨울밤 카니세리움에 관한 이야기는 대개 두 가지 형태로 전해졌다. 하나는 아이들이 잠들기 전에 들려주는 옛날이야기였고, 다른 하나는 어른들끼리 어디 사람이 어디서 카니세리움을 직접 만났더라고 전하는 풍문이었다.

그러나 괴물은 웬만하면 자기 서식지를 벗어나지 않았고, 인간과 같은 곳에 머물기를 꺼리는 까닭에 그 모습을 실제로 본 이는 드물었다. 마르쿠스도 세 부하도 카니세리움을 보는 것은 이번이 처음이었다.

커다란 머리와 흩날리는 긴 갈기와 길쭉하고 높은 몸과 단단한 다리는 위엄을 느끼기에 부족함이 없었다. 카니세리움에 관해 사람들에게 알려진 사실 중 하나는 먼저 자기 모습을 보여 먹잇감이 공포로 굳어지게 만든 다음 본격적으로 사냥을 시작한다는 것이었다. 그렇다면 카니세리움이 먹잇감이라고 할 수 있는 네 사람에게 모습을 관찰할 시간을 주는 것은 전혀 긍정적인 신호가 아니었다.

–멈출 때가 아니니 계속 달려.

마르쿠스의 속삭이는 듯한 외침을 듣고 부하들이 굳었던 몸을 푸는 동안 카니세리움은 고개만 약간 갸우뚱했다. 그러나 사람들이 다시 도망치는 모습을 보고서는 눈빛을 바꾸었다. 마치 공정한 대결을 하자고 주장하는 것 같았다. 사람이 먼저 도망치기 시작했으니 이제 카니세리움이 술래가 되어 쫓아갈 차례였다.

카니세리움은 다시 한번 하늘을 향해 포효했다. 그 소리를 듣고서는 마르쿠스조차 다리의 힘이 풀리는 듯한 느낌이 드는 것을 어찌할 수 없었다. 사람은 처음부터 그 소리에 그렇게 반응하도록 생겨 먹어서 아무리 훌륭하고 용감한 사람일지라도 예외가 되지 않았다.

카니세리움이 달리기 시작하자 다시 땅이 흔들렸다. 그들은 공포가 다리를 붙잡고 땅이 휘감는 상황에서도 최선을 다해 뛰었다. 뒤처지는 쪽은 당연히 한쪽 팔을 다친 부하였다. 그는 양팔을 휘두르며 달릴 수 없어서 속도가 나지 않았다.

괴물은 어렵지 않게 앞발로 그를 툭 쳐서 공중으로 띄웠다. 마지막으로 비명이라도 질러 태어날 때처럼 존재를 과시하고 싶었지만 머리가 뒤로 젖혀져 그럴 겨를도 없었다. 그가 하늘로 솟구쳤다가 떨어지는 순간 카니세리움의 크고 날카로운 이빨이 조여들어 생명을 단방에 끊어 놓았다.

마르쿠스는 그 순간 잠시 멈춰 일어난 상황을 확인하고 부하를 구할 용기가 없는 자신을 자책했으나 다른 한편으로는 임무를 생각했다. 여기서 카니세리움과 용감히 싸우다가 전멸한다면 레푸스의 스타인 공국과 플리니 공국이 연락을 취할 가능성은 아예 사라지게 되는 것이었다. 그는 자신의 비겁함을 임무로 포장한다는 생각이 들어 마음이 꺼림텁텁했지만 일단 다시 달렸다. 부하들은 그사이 그를 한참 앞질러 있었다.

사람 하나를 사냥한 카니세리움은 아까보다 굼뜬 움직임을 보였는데 나머지 셋에 대해서는 처음만큼 식욕이 동하지 않는 모양이었다. 그래도 설렁설렁 추격은 하고 있어서 인간 처지에서는 사력을 다해 도망쳐야 했다.

흙이 덮여 풀과 나무가 자라는 땅은 어느새 사라지고 그를 대신해 경계를 알 수 없는 바위가 바닥에 나타나 충격을 그대로 전했다. 세 사람 모두 발목이 시큰거리는 것을 느끼면서도 멈추지 않았다. 어찌 보면 그들 사이에서 경쟁이 일어났는데 가장 느리게 달리는 사람이 다음 먹이가 되는 것이 자명한 탓이었다. 마르쿠스가 잡아먹힌 부하를 보는 사이 먼저 달렸던 둘은 아무리 대장이라도 양보할 생각은 없다는 듯이 등만 보여 주었다.

다행히 그쯤에서 카니세리움의 추격 의지가 꺾였는지 속도가 누구나 알아차릴 수 있게 느려졌다. 자꾸 질겅거리는 모습을 보면 아직도 먹이를 씹고 있었다. 마르쿠스와 두 부하는 이제 작은 바위들이 널린 지대로 들어섰는데 거기에는 덩치 큰 괴물을 피해 숨을 만한 공간이 그래도 꽤 있었다.

그러나 카니세리움이 그런 계산 끝에 움직이는 것은 아닌 듯싶었다. 카니세리움은 조금 전까지 추격하던 대상보다 먼 곳을 보고 있었는데 거기에 검은 점 같은 것이 보였다. 카니세리움은 머리를 털더니 미련 없이 돌아서서 터덜터덜 걸었다.

마르쿠스는 숨을 헐떡이며 그 모습을 확인하고 대장장이 신에게 감사를 드렸다. 그 역시 스타인 시골의 평범한 농민 집안에서 태어나 어린 시절부터 대장장이 신을 믿는 것이 자연스러운 사람이었다.

－모두 살아남느라 수고했어.

마르쿠스는 심장의 격동이 가라앉자마자 그렇게 말해서 두 부하의 죄책감을 덜어 주었다. 그 역시 오직 살아남기 위해 도망쳤다는 점에서 그들보다 떳떳한 것이 없었다.

그사이 검은 점은 더 가까워졌고 이제는 사람처럼 얼굴이 있고 팔다리가 달렸다는 것을 알 수 있었다. 마르쿠스는 벌떡 일어섰다. 다가오는 사람은 마르쿠스 일행을 먼저 확인한 것처럼 동요가 없었다.

그는 햇빛을 가리기 위해 풀로 엮은 널찍한 고깔을 쓰고 팔다리를 보호하기 위해 짐승의 털을 댄 검은 옷을 입고 있었다. 나이는 서른 정도 되어 보였는데 태도와 몸짓은 나이 든 사람처럼 이상하게 기품이 있었다.

-여기는 어떻게 오셨습니까?

그가 먼저 물었다. 멀리서 카니세리움을 본 사람답지 않게 태연했다.

-이 근처에 사십니까? 저희는 플리니 공국으로 가는 길입니다.

-플리니 공국이요?

그러고 보니 상대가 플리니 공국이라는 말을 모르는 것도 당연했다. 마르쿠스는 실수를 깨닫고 지도를 펼쳐 그에게 다가가 목적지를 설명했다.

-그럼 당신들은 스타인 사람이군요.

-그렇습니다. 당신은 여기에서 사십니까? 근처에 마을이 있습니까?

청년은 미묘하게 웃었다.

-사람이 사는 마을이 있습니다. 외부와 소통하고 살지는 않지만요. 그들도 스타인 말을 쓰는데 당신들이 들으면 사투리처럼 들릴 겁니다. 그렇다고 전혀 알아듣지 못할 정도는 아

닙니다.

부하들의 눈빛은 그도 마을에 속했는지 묻는 것 같았다.

-저는 그 사람들과 함께 살지 않습니다.

설명은 그것으로 끝이었다. 더 자세한 설명을 기대했지만 돌아오는 것이 없었다.

마르쿠스는 그보다 궁금한 것이 따로 있었다.

-저쪽 길은 사람이 만든 겁니까?

그는 이틀 동안 따라온 길을 가리켰다. 청년은 눈썹을 모으며 기억을 더듬는 것 같았다.

-맞아요. 마을 사람들이 만들었을 겁니다.

-그럼, 여기서 길이 끊긴 것은.

-거긴 숲이 아니라 평지라서 다니는 게 불편하지 않으니까요. 그리고 카니세리움의 영토 안이라 뭘 만들어 놓는다고 해도 카니세리움이 전부 부술 텐데요. 성질이 까다로운 녀석들이라서요.

플리니 공국으로 가는 샛길까지 멀지 않다는 말을 들은 마르쿠스와 부하들은 긴장이 풀렸다. 처음에는 마을을 떠나 혼자 사는 사람에 관해 경계심을 품기도 했지만 그는 변변한 무기도 없었다.

-제 거처에서 잠시 쉬었다가 가시겠습니까?

태양을 보면 아직 점심 먹을 시간도 되기 전이었다. 마르쿠스는 고민하다가 갈 길이 바쁘다고 거절의 뜻을 전했다.

- 그렇다면 제가 인간의 길이 다시 이어지는 곳까지 모셔다드리죠. 거기서부터는 길이 덜 험할 겁니다.

청년은 그렇게 말하면서 마르쿠스 일행의 해진 옷과 꾀죄죄한 모습을 보고 살짝 비웃는 것도 같았다. 반대로 청년의 옷은 산에서 혼자 사는 사람이라고는 믿기 어렵게 깔끔했다.

스타인 서쪽을 감싸는 산맥의 날씨는 변화무쌍하다고 알려져 있었는데 실제로도 그랬다. 해가 순식간에 모습을 감추고 바람이 거세지더니 비가 내리기 시작했다. 우습게도 빗방울이 거세지면서 한쪽에는 다시 해가 나타났다.

- 어떻게 된 일일까요?

부하 중 하나가 경탄을 감추지 못하는 목소리로 물었다. 비는 분명히 거칠게 내리는데 빗물이 그들의 몸까지 닿지 못하고 사라지고 있었다. 다시 모습을 드러낸 해 덕분에 마르쿠스는 그들의 머리 위로 커다란 그릇 같은 것이 씌워져 있는 것을 알았다. 물론 눈에 보이는 것은 아니었고 빗물이 사라지는 모양으로 짐작한 것이었다.

- 여기의 날씨는 저 아래와 다릅니다. 세상의 조화는 지역에 따라서 달라지니까요.

청년은 그런 일이 대수롭지 않다는 듯이 넘겨 버렸다. 그러나 마르쿠스는 그의 정체에 관한 의심을 거둘 수가 없었다. 가장 먼저 떠오르는 것은 마법사였다. 그가 혹시 몸을 숨겼다는 아리셀리스일 수도 있었다.

청년은 그의 의심을 아는 것처럼 묘한 미소를 지으며 일행을 안내했다. 비는 금방 그쳤지만 구름이 남아서 주위의 풍경이 흐릿하고 분명한 상을 맺지 못했다.

오후가 되어서 사람이 다듬은 새로운 숲길이 나타났다. 원래대로라면 하루도 더 걸릴 길처럼 보이는데 그들의 걸음이 이상하게 빨랐던 것 같았다. 마르쿠스는 지나온 길을 눈짐작으로 계산해 보았는데 쉬지 않고 달리지 않고서야 하루에 도달하지 못할 거리였다.

–은인의 이름을 아직 듣지 못했군요.

–제 이름을 알려 드려도 모르실 겁니다.

–혹시 아리셀리스 님이십니까?

–저는 그 사람이 누구인지도 모릅니다.

그렇게 대답하는 청년이 점점 위압감을 내뿜고 있어서 공기가 눌리고 압축되는 것 같은 기분이 들었다. 마르쿠스와 부하들은 갑자기 숨을 쉬기가 어려워졌다. 움직이려 하지 않아도 저절로 몇 걸음 뒤로 물러나게 되었다.

–당신이 내 얘기를 하길래 조금 관심이 생겼을 뿐입니다. 이곳에서는 좀처럼 말이 통하는 사람을 만나기 어렵고 삶이 심심하니까요. 마을 사람들은 저를 두려워합니다. 제가 모습을 바꾸어도 어떻게 아는지 도망치지요.

청년이 부드럽게 손을 흔들자 마르쿠스 일행은 공중으로 들려 바깥에 사뿐히 내려졌다.

–당신을 만나러 저쪽에서 사람이 오고 있습니다. 우리의 만남은 여기서 마무리합시다.

청년 주변의 바람은 더 거칠어졌고 그의 모습은 이제 검은 형태와 겹쳐 보였다. 마침내 날개가 한 번 크게 움직이면서 사람에 비해 거대한 몸이 하늘로 떠올랐다.

–검은 용.

–그러게.

마르쿠스는 자신의 대답이 바보같이 들린다는 것을 알았지만 지금은 무슨 말을 해도 그럴 것 같았다.

용은 하늘을 미끄러지듯 날아 점점 멀어지더니 모습을 감추었다. 마르쿠스가 들려준 이야기 속에서와 같이 위엄이 넘치는 모습이었다.

용은 크게 둘로 나뉘는데

박물학자들은 머리의 생김새를 기준으로 삼는다.

하나는 이빨이 많고 포악하게 생겼으며 넝치가 배우 그디.

다른 하나는 상대적으로 덩치가 작고 부리가 있어서

멀리서 보면 커다란 새로 오해할 수도 있다.

덩치가 큰 용은 영물이 아니라 괴물이라고 주장하는

학자도 있다. 사람과 말이 통하지 않고 인간을 자주

공격하기 때문에 오랜 기간 인간과 사투를 벌인 끝에

멸종에 가까운 처지가 되었다.

덩치가 작은 용은 주로 인간의 발이 닿지 않는 곳에

서식한다. 주 서식지는 스타인 서쪽 산맥과

북쪽 괴물들의 땅이다. 그래서인지 스타인에는 유독

용 이야기가 많이 전해진다. 크릉흥다르흐에 관해서는

학자들도 아는 것이 별로 없다.

그는 인간 역사에 잠깐 등장하는데

한때 대장장이 왕과 깊은 우정을 나누었다.

III

# 에이어리가 폴로 공국의 기병대를 상대로 흙으로 만든 벽을 세운다

대장장이 왕은 성인이 된 후 지난 1년 동안 벌인 모험에 대해 불만이 있었다. 재미있는 일을 많이 겪기는 했다. 용을 만나 대장장이 왕의 숨겨진 문자를 얻고, 위대한 예언자와 제국을 탈출했다. 마법사 왕국에서 수술을 받아 라토가 그의 몸에 심었던 것을 빼내기도 했다.

그러나 이 모든 과정에서 대장장이 신으로부터 받은 능력을 제대로 선보일 기회가 없었다. 제국이 두려움에 떨고 각지를 유랑하는 시인들이 그를 찬양하게 만드는 것이 처음 신전을 떠날 때의 목적이었는데, 무엇 하나 제대로 이루어진 것이 없었다. 새 대장장이 왕의 이름 에이어리를 아직 모르는 사람이 더 많았다.

바니타에서 짧은 휴식을 즐기며 유사 동물, 그러니까 굳이 말하자면 괴물의 고기를 실컷 뜯은 다음 에이어리 일행은 다시 신전으로 돌아왔다. 반가운 만남이 여럿 있었다. 사제장 탈와르를 비롯한 사람들이 그들을 따뜻하게 맞아 주었다. 한때 귀족 청년이었던 기를란은 이제 호문이라는 이름을 가진 사제가 되어 있었다.

대결에서 패한 투란은 새 호문의 제자가 되었다. 기를란, 새 호문이 원해서 먼저 제안한 일이었다. 그녀는 에이어리의 함께 돌아온 데스커드를 보고 눈물을 글썽이며 소식을 전했는데 데스커드는 에이어리가 놀릴까 봐 이를 꽉 깨물고 감정의 소용돌이를 참아야 했다.

–내 말들은 어디에 있습니까?

말을 너무 아낀 나머지 말들의 아버지라는 별명까지 생긴 오반도가 대장장이 왕에게 다가와서 물었다. 그는 머리숱이 적고 체구가 크지 않은 사람이라 거대하고 털에 윤기가 흐르는 제국산 말을 돌볼 때면 더 작아 보였다.

–우리는 제국에서 암살 위협을 받아 탈출했습니다. 그러다 보니.

–그럼 그 아이들을 잃어버렸다는 말씀입니까?

–그건 아니고 제국에 빼앗겼어요. 말은 소중한 자원이니 아마 저들이 잘 돌볼 겁니다.

–그러나, 그러면 제국 사람들을 등에 태우거나 마차를 끄느라 고생할 것이 아닙니까?

–그게 말의 운명이라고 할 수 있죠.

데스커드가 끼어들었다. 오반도의 작은 울부짖음을 듣고 옆에 있던 사제 할스가 빙그레 웃으며 그를 끌고 갔다. 할스는 본래 항상 웃는 사람이었다.

마지막으로 기대하던 손님을 만날 수 있었다. 평범한 농부의 옷을 입고 있었지만 에이어리의 눈에는 케이프를 입고 속이 비치는 에메랄드색 겉옷을 두른 것처럼 보였다. 그는 세상에서 가장 강한 마법사였다.

–조금 늦으셨군요, 대장장이 왕. 약속을 지키기 위해 미리 와 있었습니다.

모두가 아리셀리스의 말을 들으려는 듯 갑자기 조용해져 말하는 아리셀리스와 듣는 에이어리는 민망해졌다.

–편안한 여행이 되셨기를 바랍니다.

그렇게 말하면서 대장장이 왕은 집게손가락을 아리셀리스에게 내밀었다. 기대하지 못한 인사를 받고 당황한 아리셀리스는 웃으며 대장장이 왕의 손가락을 살짝 집었다.

–그 인사는 본래 낮은 사람이 높은 사람에게 하는 겁니다. 제가 대장장이 왕으로부터 그 인사를 받는 것은 적절하지 않습니다.

–알고 있습니다, 아리셀리스 님. 저는 적절하다고 생각하

는 대로 했을 뿐입니다.

에이어리는 한때 스타인이라고 불리던 나라의 왕자였던 레푸스에게 아리셀리스와 함께 가서 사태를 해결해 주겠다고 약속해 놓은 상태였다. 그의 약속은 대장장이 왕의 명예가 달린 것이라 어길 수가 없었다. 아리셀리스도 그의 형을 위해 대장장이 왕이 몸에 든 기운을 꺼내 주기만 하면 기꺼이 따라나서겠다고 약속한 것을 지키기 위해 온 이상 스타인에 가기는 가야 했다.

–그러면 레푸스라는 사람의 말을 따라 폴로 공국과 전쟁을 벌여 그 땅에서 몰아내실 생각입니까? 듣기로 그곳을 다스리는 아크마트라고 하는 인물은 보통이 아니라던데요?

사제장 탈와르가 넌지시 왕의 생각을 물었다. 에이어리는 고개를 강하게 젓고 또 저어 부정했다.

–아니요, 그렇게 제국군을 박살 내면 여러분은 다음 대장장이 왕을 찾아야 할 거예요. 싸우지 않고 문제를 해결할 수 있게 중재하려고 가는 거예요.

대장장이 왕의 지혜로운 발언은 급조된 것이었다. 그를 맞이하는 자리에 스승이자 한때 대장장이 왕이었던 오카브도 나와 있어서 떠올린 생각이었다. 오카브는 젤레즈니 왕국을 구하려는 다급함에 제국 정예군을 박살 낸 적이 있었다. 카부스빌의 학살자라는 별명을 얻은 다음에는 대장장이 왕의 자리를 내어놓았다.

–그것참, 좋은 생각이구나. 가끔 내가 죽인 병사들의 유령이 오두막까지 찾아와서 항의한다고 문을 두드릴 때가 있거든. 역시 제국 사람이라 그런지 문을 두드리기만 하고 내가 허락해 주지 않으면 집에 들어오는 법이 없지.

오카브는 그렇게 농담을 던지고 빙긋 웃을 뿐이었다. 그는 제자의 말에 마음이 상할 만큼 옹졸하지 않았다.

이번에도 대장장이 왕을 수행하는 것은 데스커드의 몫이었다. 가르젠은 내친김에 고향인 스타인에서 길 안내를 해 주겠다는 의사를 내비쳤지만 사제장이 단호하게 반대했다. 가르젠이 경호원이 더 필요하지 않겠느냐고 묻자 탈와르는 그들의 면면을 지적했다.

–대장장이 왕과 세상에서 가장 뛰어난 마법사가 함께 가는데 누가 저들을 공격하겠소? 게다가 그대는 스타인에만 들어가면 문제를 일으키니.

가르젠은 아쉬움에 침을 꿀꺽 삼키며 물러나는 수밖에 없었다. 그러나 의외의 사람이 앞으로 나섰다.

–스승님, 제가 함께 가면 안 될까요? 저는 스타인에 가 본 적도 없는 시골 사람입니다. 바깥을 더 보고 경험해야 제대로

가르침을 받을 수 있을 것 같아요.

투란이 그렇게 말하자 새로운 호문은 당황한 끝에 얼버무리며 그렇게 하라고 해 주었다. 마음은 내키지 않았지만 그에게 이목이 쏠리자 차마 거절하지 못했다.

-그래, 네가 그렇게 원한다면야.

기쁨을 겨우 숨기는 투란을 보고 오카브도 나섰다.

-그렇다면 저기 아랫마을에 사는 다사라는 놈도 데리고 가지 그래? 그 녀석을 스타인에 보내서 살게 하는 게 좋을 것 같아서.

-왜요?

-한때 나를 납치했던 친구인데 지금은 복수하겠다는 누나한테 쫓기고 있지. 계속 저 아랫동네에 있다가는 자다가 목에 칼을 맞고 발견될 거야. 스타인까지 도망가면 괜찮겠지. 예부터 스타인은 제국 사람들이 도망가는 땅이라는 명성이 있으니까 말이야.

그렇게 해서 대장장이 왕과 아리셀리스를 따르는 사람은 데스커드와 투란과 다사로 정해졌다. 에이어리는 사흘 정도 쉬고 나서 출발하겠다고 마음을 정했다.

사흘은 순식간에 지나갔다. 에이어리는 여느 때보다 덜 신나는 마음으로 신전을 떠났다. 그는 생각 없는 사람처럼 보일 때가 있지만 사람을 꿰뚫어 보는 능력이 있었다. 물론 작의 약점을 지적하다가 암살당할 뻔했던 것처럼 상대를 과소평가하는 일도 있지만, 그것은 모든 젊은이가 세상에 납부해야 하는 경험이었다.

에이어리는 레푸스의 커다란 배가 욕망 주머니라고 확신했다. 레푸스가 대장장이 왕과 세상에서 가장 강한 마법사를 이용해 무엇을 이루려 하는지 의심할 필요가 없었다. 그는 스타인을 다시 통일해서 자신이 왕이 되기를 원했고, 그러기 위해서 둘을 무기처럼 휘두르려고 했다.

사흘 동안 쉬면서 창조의 기둥 아래를 산책할 때 단 한 번 우연히 마주친 오카브가 물은 것도 그 질문이었다. 그 무렵 오카브는 날씨가 좋으면 아예 집을 놓아두고 다람쥐처럼 창조의 기둥 구멍에서 잠을 청했다.

–너는 레푸스인지 뭔지 하는 놈의 말대로 스타인을 다시 통일시켜 줄 작정이냐?

–그렇게 해도 되나요?

–아니.

–그러면 왜 그렇게 하지 말라고 충고하지 않고 굳이 물으십니까?

–그건 네가 대장장이 왕이고 나는 신전 한편에 얹혀사는

아무것도 아닌 사람이기 때문이지.

–그래도 제 스승이신데요?

–안다, 가끔 스승이라는 사람들은 자기 주제를 잊을 때가 있지. 결정은 대장장이 왕이 내리는 거다.

–걱정하지 마세요, 스승님 저도 같은 생각을 하고 있어요. 대장장이 왕이 모든 분쟁에 끼어들어 상황을 마음대로 결정지으면 안 된다고요.

–그래, 그렇게 네 길을 간다면 나는 안심이구나.

그 말은 마치 에이어리가 돌아왔을 때 그가 신전에 없을 거라는 암시처럼 들렸다. 그러나 오카브는 본래 말을 이상스럽게 꼬아서 하기 좋아하는 사람이라 에이어리의 의심은 금세 사라졌다.

에이어리가 창조의 기둥 주변을 어슬렁거렸던 것은 사실 그렇게 스승과 대화하고 싶은 마음 때문이었다. 오카브는 스승이건 얹혀사는 사람이건 여전히 대장장이 왕에게, 에이어리에게 필요한 사람이었다.

대장장이 왕의 신전에서 옛 스타인 왕국으로 들어가는 방법은 크게 두 가지가 있었다. 하나는 신전에서 북쪽으로 곧장 가서 자유 동맹과 스타인과 제국의 경계를 가로지르는 이손 강을 건너는 방법이었다. 그 길은 거리도 더 멀지만 강을 건너자마자 아크마트의 폴로 공국이 나왔다. 아크마트가 설마 까마귀들의 수장 작처럼 굴지야 않겠지만 그곳은 사실상 제국의 식민지이니 레푸스를 찾아가는 목적을 곱게 봐줄 것 같지도 않았다.

두 번째 길은 더 단순했는데 신전의 서쪽으로 죽 달린 다음 북상해서 스타인 땅의 남쪽으로 들어가는 방법이었다. 제국에서 스타인으로 도망쳤던 수많은 망명자도, 새로운 대장장이 왕을 찾기 위해 고생하던 가르젠도 그 길을 이용했었다. 단점이 있다면 그 길은 대놓고 트여 있어서 남의 눈을 피해서 움직이기가 어려웠다.

가르젠이 에이어리를 데리고 스타인을 탈출하다가 까마귀 발톱 슈타이어에게 걸린 것도 그런 지형 때문이었다. 그때 가르젠은 지금의 폴로 공국 쪽으로 탈출할 생각은 꿈에도 하지 않았다. 유일한 길목인 아루에의 경계가 삼엄할 것은 당연했고 산을 넘고 이손강도 건너는 고생을 쇠약한 에이어리가 견딜 수 있다는 확신이 없어서였다. 시간이 지나서 에이어리는 가르젠이 남쪽 길을 선택한 의미를 깨닫고 그를 더욱 신뢰하게 되었다.

에이어리 일행을 태운 새 마차는 그래서 이번에도 남쪽으로 들어가는 쉬운 길을 선택했다. 마차는 에이어리를 위해 팔

하나를 희생한 트라이버가 만든 것이었고, 말은 오반도가 자식처럼 키운 친구들이었다. 마차도 말도 가장 훌륭한 것에서 조금 동떨어진 모습이었는데 그렇게 해야 평범한 여행객처럼 보이기 때문이었다.

-이번에는 세 기족을 버리고 오지 마십시오.

에이어리는 진심으로 서글퍼 보이는 오반도의 얼굴에 대고 평소처럼 농담할 자신이 없어서 가만히 동의해 버렸다.

아리셀리스는 굳이 그런 탈것이 없어도 움직이는 데 지장이 없는 사람이었지만 이번에는 다른 일행과 함께 움직이는 것에 동의했다. 그는 에이어리에게 깊은 관심을 보이며 대화를 나누느라 데스커드와 투란과 다사를 대할 때는 물건을 다루는 것처럼 감정이 없어 보였다.

-역시 귀족들은 다 그런 법이야. 호문 스승님도 좋은 사람이지만 사실 좀 차가운 구석이 있어. 저 사람들은 애초에 피가 차갑게 태어난다고 그랬어. 괴물 중에도 그런 부류가 있는데 먼 조상이 그것들하고 피가 섞였을 거라고.

투란은 데스커드와 단둘이 될 때마다 그렇게 농담인지 진담인지 알 수 없는 불평을 하며 기분을 달랬다. 데스커드는 몰랐지만 그건 제국에서 신분이 낮은 사람들 사이에 유명한 농담이었다.

그들이 스타인 땅, 지금으로 말하면 스타인 공국, 혹은 레푸스 공국으로 불리는 땅에 들어가기까지는 큰 문제가 없었다. 그다음부터 그들은 하늘보다 땅을 더 경계했는데 까마귀가 기웃거리는지 살피기 위해서였다. 그들이 경계하는 까마귀는 물론 하늘의 새가 아니고 땅에 박혀 있는 사람이었다.

-여기는 마을 하나에 까마귀 하나라는 말이 통하지 않겠죠?

데스커드는 지겨움을 이겨 내느라 하루에도 열다섯 번씩 기지개를 켰다. 평소라면 대장장이 왕과 농담이라도 주고받으며 가느라 딱히 그렇지 않았겠지만 지금은 아리셀리스가 대장장이 왕을 독차지하는 바람에 틈이 나지 않았다. 아리셀리스는 대장장이 왕의 가장 좋은 친구, 아니면 전기 작가라도 되려는 모양이었다. 데스커드는 그 의도가 못내 미심쩍었다.

스타인의 옛 수도이자 레푸스 공국의 수도이기도 한 곳은 애초부터 스타인 남쪽에 치우쳐 있었기에 그들은 스타인에 들어섰다는 확신이 든 순간 여행이 끝난 것이나 다름없다고 생각했다. 하루 정도만 곧장 가면 레푸스를 만날 수 있었다.

-길의 방향이 맞는지 잠시 보고 오겠습니다.

그렇게 말하더니 아리셀리스는 마차 밖으로 나가서 그대로 하늘로 솟구쳐 버렸다. 그가 할 수 없는 일이 없다는 걸 알던 일행도 전부 입을 떡 벌리고 하늘을 보게 만드는 기이한 광경이었다.

–저분은 하늘을 날 수 있군요.

평소에 별로 말이 없던 다사마저 그렇게 외치며 감탄했다.

–저렇게 할 수 있으면 진작 먼저 날아가 버릴 일이지 왜 마차만 좁아지게 우리랑 같이 가는 거야?

데스커드의 불평은 에이어리가 듣지 못하게 속삭인 것이라 투란의 귓불 주변을 살살 맴도는 것이 고작이었다. 투란은 데스커드의 옆구리를 팔꿈치로 툭 치며 즐거워했다. 데스커드는 고통을 숨기느라 억지로 웃어야 했다.

마법사가 땅으로 돌아올 때 곤두박질치기를 바라던 데스커드의 작은 소망과 달리 착지는 사뿐했다. 심지어 그는 사람들이 가장 궁금해하는 것을 묻기도 전에 먼저 대답해 주었다.

–이건 나는 것이 아닙니다. 하늘 높이 뛰었다가 다시 땅으로 떨어지는 것이죠. 새로 변신하지 않는 이상 사람이 하늘을 날기는 어렵습니다.

이어서 아리셀리스는 주변 상황을 설명해 주었는데 레푸스가 사는 성의 위치와 주변 작은 마을들과 숲의 배치에 관한 것이었다. 그리고 아리셀리스는 한쪽을 가리켰다. 그들의 목적지에서 오른쪽으로 치우친 방향이었다.

-저쪽에서 말과 사람이 요란하게 달리는 것을 보았습니다. 제가 들은 정보를 따른다면 폴로 공국의 기마병이 아닐까 합니다. 사실상 제국의 군대와 다를 것이 없지요.

-레푸스 대공의 성 근처에서 그렇게 활동한다고요?

에이어리의 질문에 아리셀리스는 어깨를 으쓱해 보일 뿐이었다.

-좋아요, 그렇다면 모두 저쪽으로 가지요.

대장장이 왕의 손가락이 가리키는 방향은 그들이 지금까지 달리던 방향, 그러니까 레푸스 대공의 성이 아니라 폴로 공국의 기마병 쪽이었다.

-왕이시여, 저 기마병들을 상대로 무엇을 하시려고요? 설마 싸워서 내쫓으려고 하시는 거예요?

-아니야, 데스커드. 그건 내가 할 수 있는 일이 아니잖아. 그렇다고 너더러 저들을 전부 상대하라고 할 수도 없고.

데스커드는 몇 명 정도는 땅에 거꾸러뜨릴 수 있다고 말하려다가 그만두었다. 마법사가 빙그레 웃으며 그를 보는 모양이 왠지 비웃는 것처럼 느껴진 까닭이었다.

폴로 공국의 기마병을 떠받치는 제국산 말은 괴물과 피가 섞였다는 말이 따라다닐 만큼 강인했다. 그러나 제아무리 튼튼한 말이라도 지구력에는 한계가 있었다. 폴로 공국에서 출발해 스타인 공국을 습격하고 돌아갈 때까지 전속력을 유지하며 달리는 것은 무리한 일이었다. 그래서 목적지인 작은 마을 근방에 다다를 때까지 말들은 가벼운 속보로 걸었고 덕분에 대장장이 왕 일행의 마차가 따라잡을 여유가 생겼다.

-부대 정렬.

기마병단을 이끄는 우두머리가 그렇게 외치자마자 말과 사람은 종종걸음으로 움직여 간격을 맞추기 시작했다. 그사이 방해꾼들이 마을과 그들 사이를 횡으로 가로질렀고 부하가 손을 들어 알렸다.

-저기 누가 오고 있습니다.

대장은 기껏해야 마을에서 탈출한 사람이나 항복을 전하러 온 사절을 기대했으나 정작 눈에 보인 것은 평범한 마차였고, 거기서 내린 것은 옷차림이나 생김새나 특별한 것이 없는 어린 청년이었다. 얼굴이 말끔한 데다 여행복이 깨끗하고 고급스러운 것을 보면 귀족일지도 몰라서 일단 부대에 쉬어 자세를 취하라고 명령해 두었다. 청년은 천천히 몇 걸음 더 앞으로 나왔다.

-누구십니까?

-나는 대장장이 왕이오.

대장은 부하들이 술렁거리는 것을 진정시켜 놓고 청년을

다시 보았다. 눈에 깃든 자신감을 보면 정신이 나간 사람처럼 보이지는 않았다.

– 대장장이 왕이 여긴 무슨 일이십니까?

– 레푸스 대공의 부탁으로, 아니지, 간청으로 전쟁을 중재하러 왔습니다. 그러니 일단 돌아가 주시겠소?

– 그건 안 될 말씀입니다. 군인이 명령을 따르지 않고 그냥 돌아가면 군법에 따라 처벌을 받게 됩니다.

– 하긴 그렇겠지. 그럼 내가 돌아갈 명분을 만들어 주겠소.

에이어리가 하는 말은 마차 안에서도 똑똑히 들렸다. 아리셀리스와 데스커드와 투란과 다사와 마부는 에이어리가 무슨 짓을 하려나 싶어 얼굴이 창백해졌다. 폴로 공국의 병사들도 당황하기는 마찬가지였다.

에이어리는 손을 뻗어 땅의 흙을 만졌다. 손안에서 쉽게 부스러지는 촉감은 마치 대장장이 신의 시험을 받을 때 만졌던 정체를 알 수 없는 가루처럼 느껴지기도 했다. 물론 그 가루에 비하면 손가락에 닿는 흙은 거칠고 입자가 컸지만 에이어리에게서 아련한 기억을 끄집어내는 묘한 감각이 있었다.

– 저는 신께 받은 힘을 쓰려고 합니다. 그리고 아무도 죽이지 않겠습니다.

읊조리는 입술에 이어 에이어리의 손가락이 움직였고 그에이어 팔이, 머리와 몸이 위치를 바꾸었다. 에이어리가 폭풍에 휘말리듯 이동하는 것보다 사람들의 관심을 끄는 것은 그 결과물로 만들어지는 거대한 벽이었다. 벽은 그들의 머리보다 훨씬 높은 곳까지 치솟았다.

데스커드와 아리셀리스와 투라과 다사는 서로 다른 점이 많았지만 그때만큼은 한 사람처럼 입을 벌렸다.

반대편에서 그들을 지켜보던 폴로 공국의 군대는 눈앞에서 일어나는 기적에 경악했다. 그들 쪽 성벽에는 앞으로 튀어나온 머리가 조각되어 있었는데 살아서 움직이는 듯한 그 모양은 분명히 카니세리움의 머리를 본뜬 것이었다. 소리와 먼지와 카니세리움에 말들이 동요하는 바람에 병사 몇 명은 바닥에 떨어졌고 나머지는 얼른 뛰어내려 자기 말을 달랬다.

-저게 진짜 대장장이 왕이군.

겨우 냉정해진 아리셀리스가 내뱉은 말이었다.

권력 싸움에서 패한 팰리스 사람이나 망명자들이

어째서 항상 스타인으로 도망가는

전통이 있느냐에 관해 여러 가지 설이 있다.

가장 설득력 있는 주장은 제국 수도와 가까운 곳에서

얼쩡거리면 황제의 심기를 거스를 수 있으니

되도록 먼 곳으로 도망간다는 것이다.

그러면 왼쪽 끝의 스타인과 오른쪽 끝의 놋이 남는데

놋의 왕들은 황제에게 지나치게 충성하니

여차하면 다시 강제 소환될 위험이 있다.

스타인의 왕들은 더 관대한 편인데

그들이 황제에게 보내는 매번 똑같은 변명을

외우지 못하는 제국의 서기관이 없을 지경이다.

- 망명해 온 사람이 저희 스타인의 칼 같은 봉우리와

거친 수염 같은 숲 사이에 숨어들어 찾을 길이 없습니다.

그들은 피부가 부드러운 사람들이니 스타인의 척박함을

이겨 내지 못하고 조만간 생을 마치거나 항복할 것입니다.

왕은 그들을 찾는 대로 황제께 바치겠습니다.

IV

## 놋 왕 페누아가 여유롭게 소설을 즐기다가 때 이르게 찾아온 방해꾼을 맞이한다

침대 머리맡 위에 그려진 뱀에게서 살기가 느껴졌다. 대가리를 앞으로 쭉 내밀고 샛노란 두 눈을 빛내며 혀를 날름거리는 모습은 처음 보는 사람의 피부에 소름이 돋게 할 만큼 생생했다. 특히 혀를 칠한 붉은 물감의 빛깔이 피와 같아서 사람들 사이에는 용이나 카니세리움의 목을 치고 거기서 흘러나오는 피를 받아 쓴 게 아니냐는 소문이 돌아다녔다. 그러나 오랜 세월 동안 조금도 변하지 않는 끔찍한 광택으로 보건대 실제 피라고 말하기는 어려웠다.

놋의 이름을 타고난 사람들은 태어나서부터 뱀을 무서워하지 않았다. 오히려 그들의 조상이자 첫 번째 왕인 놋이 저 날래고 강한 뱀 나트릭의 후손인 것을 자랑스러워했다.

전설에 따르면 세상이 만들어질 때 쓰이지 않고 남은 재료들은 모두 한곳에 쌓여 있었다. 더는 쓸모가 없지만 이것들은 여전히 존재의 가능성을 품고 있었다. 세월이 지나면서 재료들이 부패하고 또 엉겨 붙었다. 그 속에서 머리가 커다란 뱀 나트릭이 태어났다.

나트릭은 긴 세월을 잠만 자면서 보내지만, 한번 깨어나면 사람들을 습격해서 그 문명을 철저히 파괴해 버리고 난 후에야 다시 잠들었다. 겉으로는 보이지 않는 나트릭의 귀가 지나치게 밝아서 사람들이 소란스럽게 구는 것을 견디지 못한다고 했다. 그래서 사람의 도시가 성장해 소음이 견딜 수 없을 만큼 커지면 나트릭이 깨어나서 근원을 제거해 버린다는 것이다.

마지막으로 나트릭이 깨어났을 때 이 괴물을 물리치기 위해 한 젊은이가 나섰다.

-자네는 막 결혼한 몸인데 어찌 아내를 버려두고 목숨을 잃을 수 있는 위험한 모험에 나서려고 하는가?

그의 장인이 그렇게 만류했지만 젊은이의 마음은 이미 공명심으로 가득 차서 어떤 충고도 비집고 들어갈 틈이 없었다.

그는 곧바로 왕을 찾아가서 목적을 밝히고 왕의 검을 하사받았다. 평범한 무기로는 나트릭의 비늘을 뚫을 수 없는 까닭이었다.

그때 나트릭은 몇백 년 만에 깨어나 인간들을 한바탕 쓸어버릴 준비를 하고 있었다. 그 머리가 어찌나 큰지 사방 어디에서도 보이지 않는 장소가 없었다.

그래서 젊은이는 길을 잃지 않고 곧장 나트릭을 찾아갈 수 있었다. 그를 보자 나트릭이 머리를 흔들며 혀를 날름거렸는데 그 동작은 땅을 기어다니는 작은 뱀들과 다를 것이 없었다. 젊은이는 용기를 내어 괴물 뱀에게 덤벼들었다.

－네 장난감 같은 칼로는 절대 내 몸에 상처를 낼 수 없을 것이다.

괴물이 자신만만하게 말했다. 젊은이가 칼을 휘둘러 괴물 뱀도 피가 빨갛다는 것을 온 세상에 알렸다. 흩날리는 피를 보고 나트릭의 눈이 휘둥그래졌다.

그러나 나트릭의 몸에 상처를 내는 것만으로는 소용없었다. 나트릭의 머리를 잘라야만 그 끈질긴 생명을 끊을 수 있었다. 젊은이는 온갖 사투 끝에 마침내 그 커다란 대가리가 땅에 쿵 떨어지며 사방을 진동하게 했다. 그 바람에 마을 몇 개가 무너져 흔적이 사라졌다.

머리가 잘린 뱀은 아직 눈을 감지 않은 채로 유언을 남겼다.

－네가 나를 죽였으니 너와 나는 이제 분리될 수 없는 존재의 악연으로 얽힌 것이다. 네 후손은 곧 내 후손이 될 것이다. 너는 그 징표를 확인할 수 있을 것이다.

말이 끝나자마자 괴물 뱀의 노란 눈이 덮였다. 젊은이는 방금 들은 말을 심각하게 생각하지 않았다. 괴물이 죽기 전에 저주하는 것을 귀담아들을 필요는 없었다. 그는 집으로 달려가서 온몸에 뒤집어쓴 피를 제대로 씻어내기도 전에 아내를 안았다.

아내는 그날 이후 임신했다. 달이 차고 나온 아이는 아들이었는데 한쪽 팔에 뱀의 비늘처럼 보이는 커다란 점이 있었다. 아무리 씻어도 팔의 무늬는 지워지지 않았다. 그제야 나트릭을 물리친 젊은이는 괴물의 마지막 말을 곱씹게 되었다.

아들이 자라면서 그 무늬는 오히려 점점 더 선명해졌다. 손녀가 태어났을 때는 허벅지에서 뱀 무늬가 나왔다. 이후로 뱀 무늬를 가지고 태어나는 것은 나트릭을 죽인 영웅의 후손임을 증명하는 징표가 되었다. 그들은 모두 나트릭의 자손이라는 별명을 얻었는데 이로써 나트릭이 죽으면서 남긴 말이 이루어진 것이나 마찬가지였다.

나트릭의 자손 중에서 놋이 나왔다. 그는 자기 조상처럼 왼쪽 팔에 뱀 무늬를 지닌 용사였다. 첫 황제를 위해 싸우는 용맹한 장군이었고 그래서 전쟁이 끝났을 때 자기 고향인 놋 땅을 차지하고 왕이 될 수 있었다.

현재 놋 왕도 나트릭의 자손답게 왼쪽 젖꼭지 위에 작은 뱀 무늬가 있었다. 그 무늬가 희미하고 작아서 어려서부터 웃옷을 벗기 부끄러워했다. 그가 왕이 될 자격을 갖췄는지 검사하는 의식에서 심사하던 노인이 한탄하며 중얼거리듯 결론을 내리기도 했다.

-그 무늬가 선명하지 않아서 멍이 든 것인지, 아니면 서쪽 땅에 사는 루 도인의 풍습을 따라 그린 것인지 오해가 생길 만합니다. 그러나 굳이 말하자면 나트릭의 자손이라고 불러야 합니다.

그렇게 해서 놋 페누아가 놋 땅을 다스리는 새로운 왕으로 등극했다. 역대 놋 왕 중에서 가장 자신감이 떨어지는 왕이었다. 젖꼭지 위의 무늬가 너무 작은 탓이었다.

페누아는 늦은 아침이라 침대에서 몸을 일으키려다가 고개를 돌려 벽에 그려진 커다란 뱀의 두 눈을 보고 의욕을 잃어버렸다. 뱀 눈에는 마술적인 힘이 있다더니 그 말도 전혀 못 믿을 것은 아니었다. 그걸 보기만 하면 힘이 쭉 빠져서 다시 눕게 되는 것이었다.

당장 더 자고 싶은 마음은 없었다. 그가 뒤척이는 것을 눈치채고 대기하던 하인이 문을 열고 발소리 없이 스르륵 다가왔다. 신발에 바퀴를 단 것도 아닌데 어떻게 그럴 수 있는지 왕에게는 신기한 일이었다. 왕으로서는 그가 그 앞에 서기까지 얼마나 긴 세월 동안 훈련을 받아야 하는지 알 도리가 없었다.

–그걸 가지고 와. 그리고 아침도 같이.

–알겠습니다.

놋 왕은 그사이에 풀어진 옷깃을 여몄다. 높은 지위에 있는 사람이란 자기의 몸을 하인에게 보이기 부끄러워하지 않는 법이지만 그는 예외였다. 하인들이 그의 가슴을 흘깃 보면서 듣던 대로 무늬가 희미하다고 생각하고 주위 사람들에게 떠벌리는 것은 원하지 않았다. 몇 년 전 패기가 넘치던 시절에는 곁눈질하고 소문을 퍼뜨리던 하인을 처형하기도 했으나 이제는 아예 볼 기회를 주지 않는 쪽이 편했다.

지금 그의 침실 시중을 드는 하인은 인형처럼 행동에 절도가 있었고 눈알을 굴리는 일도 없었다. 놋에서 이상적으로 생각하는 굳건한 사람이었다. 그는 페누아가 가지고 오라고 한 물건이 놋에서 어떤 취급을 받는지 알면서도 내색하지 않았다. 덕분에 해가 두 번 바뀌도록 자리를 보전할 수 있었다.

티끌 없는 은쟁반 두 개를 들고 하인이 나타났다. 한쪽에는 겨우 종이 뭉치가 담겨 있었으니 괜찮았지만 다른 쪽에는 식사와 음료가 담겨 꽤 무거웠는데 용케 중심을 잡고 있었다. 그 역시 반복된 훈련 덕분이었다.

하인은 쟁반을 요령 있게 내려놓고 다시 발을 미끄러뜨리며 사라졌다. 페누아는 하인을 두 번 부르기 귀찮아서 식사를 가져오라고 했을 뿐 당장은 식욕이 없었다. 그의 마음이 동하는 것은 오히려 낡은 종이 뭉치였다.

그것은 책이었다. 실용적인 책이 아니고 지식을 담은 것도 아니고 한갓 재미를 위해 끄적인 이야기책이었다. 배경은 놋 왕국으로 저자의 설명에 따르면 모든 것이 딱딱해서 심지어 갓 태어난 아기의 피부조차 거칠다고 하는 나라였다.

주인공은 제국을 탈출해 놋으로 흘러간 사람으로 놋의 경직된 사회를 보고 견디지 못해 도둑이 되었다. 그는 놋의 여러 권력자를 농락하며 왕의 군대를 피해 다녔다.

제국에서 흔히 인기를 끄는 왜곡된 외국 이야기였다. 처음 우연히 손에 넣었을 때는 자신에 대한 가혹한 묘사에 화가 났으나 읽다 보니 그럭저럭 재미가 있어서 나오는 대로 꾸준히 구해서 읽게 되었다.

저자는 당연히 제국 사람이었다. 만약 놋에서 그런 이야기책을 썼다가는 목도 손목도 허리도 모두 뎅겅 잘리기에 딱 좋았다.

페누아는 저자가 과연 놋 땅에 온 적이 있을까 생각하면서 책을 읽었다. 그는 보통 제국의 작가들이 그러하듯이 가명을 쓰고 있었다. 정체를 드러내는 것은 위험을 자초하는 일이었다. 책의 내용에 문제가 있어 권력자에게 미움을 사면 감옥에 갇히기 일쑤였다.

녹에 관한 묘사는 절반 정도만 사실이었다. 녹의 사회 분위기가 경직되어 있다는 묘사는 사실과 비슷했다. 녹에는 국가에 소속되지 않은 예술가가 없었는데, 모든 예술은 나라를 위해서만 존재하고 개인의 감정 같은 것은 중요하게 여기지 않았다. 그러나 저자는 녹의 귀족과 군대를 너무 멍청하게 표현했다.

> 녹 땅 전체를 다스리는 페누아 녹은 치안 장관에게 길길이 소리를 질렀다.
>
> –어찌하여 아직도 그자의 정체를 파악하지 못하고 얼굴조차 아는 사람이 없는가?
>
> 흥분해서 머리를 흔드느라 긴 머리가 얼굴을 가렸고 페누아 녹은 부들거리는 손으로 얼굴에 달라붙은 머리카락을 뗐다. 치안 장관은 감히 눈을 들어 왕의 얼굴을 볼 수 없었다. 그는 다만 이를 뿌드득 갈며 이 도둑을 잡기만 하면 뼈를 갈아 밭에 뿌리겠다고 결심하고 또 결심했다.

이 사람아, 우리 녹에는 치안 장관 같은 직책이 없어. 그리고 내 이름은 녹 페누아지 페누아 녹이 아니야. 녹에서는 성을 먼저 쓴다는 것도 모르다니.

게다가 나는 머리가 길지 않아. 놋의 남자가 머리를 기르고 길거리에 나갔다가는 맞아 죽을 거야. 모두 똑같이 짧게 바싹 깎은 머리라 위에서 내려다보면 다 비슷하게 보인단 말이다.

페누아는 까칠까칠한 자기 머리를 만지며 책장을 넘겼다. 저자가 비록 놋에 대해 제대로 알지 못해서 제멋대로 쓴 구석이 있다고 해도 그것이 이야기의 재미에 영향을 주지는 않았다. 게다가 자신이 악역으로 나온다는 것도 놋 왕에게는 색다른 경험이었다. 그는 오전 내내 이야기책과 그를 내려다보는 거대한 뱀 머리와 함께 시간을 보냈다.

페누아는 딱히 게으른 사람이 아니었다. 놋에 사는 사람들은 저녁부터 밤까지 해가 진 후의 시간을 소중하게 여겼고 언제나 밤늦게 잠들었다. 그래서 오전은 누구에게나 집에서 쉬고 빈둥거리는 시간이었다. 오전에 남을 방문하는 것은 사람이 죽을 정도로 급한 일이 아니면 큰 무례였다.

하필이면 이야기가 중요한 장면에서 끝이 났다. 살쾡이, 도둑이기도 한 주인공의 이름은 살쾡이였다. 페누아는 그 말이 무슨 뜻인지 모르지만, 아무튼 살쾡이가 사소한 일로 감옥에 들어가게 되었다. 감옥에서 억울하게 갇힌 놋 사람들을 만난 그는 모두 함께 감옥을 탈출할 수 있다고 큰소리를 쳤다.

페누아는 저자가 놋의 감옥을 경험했으리라고는 생각하지 않았다. 놋의 감옥은 한번 들어가면 죽을 때까지 나올 기약이 없었다. 제국의 작가처럼 연약한 사람이 들어갔다가는 곧바로 송장이 될 장소였다.

또 말도 안 되는 방식으로 우리 놋의 감옥을 묘사하겠군. 그러니까 이 책이 수입 금지 품목이 된 것이다. 그러나 페누아는 책을 몰래 읽는 사람의 마음을 이해할 수 있었다. 그도 종일 침대에 누워 다음 권을 읽고 싶었다.

우리도 작가들에게 이런 이야기를 자유롭게 쓸 수 있게 하면 얼마나 좋을까? 어째서 선조들은 사사로이 이야기를 쓰고 그림을 그리는 자들을 전부 처벌하고 쫓아낸 다음 벽에 뱀 대가리를 그리고 나트릭과 싸운 영웅의 이야기를 쓰는 인간들만 남긴 걸까?

부르지도 않았는데 하인이 미끄러지듯 들어왔다. 함께 오는 비서의 발소리는 세심하지 못해서 바닥을 따라 벽을 타고 오르며 울렸다.

–식사를 아직 안 하셨군요.

비서가 은쟁반에 담긴 다과의 질서정연한 모습을 보고 말했다. 새삼스러운 일은 아니었다. 대신 금서에 관해서는 따로 이야기가 없었다. 그의 측근들은 이미 왕의 그런 취미에 대해 잘 알았다.

–입맛이 없어서 그래.

–너무 이른 시간이지만.

말하는 사람과 듣는 사람 모두 커다란 창문 밖으로 빛나는 하늘을 보았다. 해는 꼭대기까지 오를 기세였다. 해가 아직 추락하지 않고 있으니 놋 기준으로는 이른 시간이 맞았다.

–너무 이르지만 그래도 손님과 함께 점심을 드시는 것은 어떻겠습니까?

–얼마나 대단한 손님이길래 놋 왕을 점심에 불러낸다는 말인가? 황제가 와도 난 저녁 식사나 같이할 셈인데.

–황제는 아니지만 한때 황제였던 사람의 심부름꾼입니다.

–에젠 공의?

페누아의 얼굴에서 웃음기가 사라졌다.

–그렇습니다.

–그렇다면 점심을 같이 먹는 것도 좋겠군.

그때부터 하인들 여럿이 침대에서 뒹굴던 왕을 왕답게 보이게 하느라 분주하게 움직였다. 왕이라고 해도, 나트릭의 자손이라 뱀 비늘 모양이 몸에 새겨져 있다고 해도 사람은 벌거벗은 채로는 위엄이 없었다. 왕처럼 꾸며 놓아야 비로소 왕답게 보였다.

페누아는 금으로 만든 투구를 쓰고 역시 이파리처럼 얇은 금을 꿰매 만든 갑옷을 입었다. 그 번쩍이는 옷은 겉보기처럼 무겁지는 않았지만, 속에 얇은 옷을 덧대어 입지 않으면 피부에 생채기가 났다. 놋의 왕들은 외부인을 만날 때 항상 그렇게 화려한 무장을 곁들이게 되어 있었다. 부드럽고 편한 옷을 입고는 궁전을 나갈 수 없었다.

페누아가 만나게 된 사람은 한쪽 손을 붕대로 둘둘 감고 그 위를 주머니처럼 생긴 장갑으로 덮고 있었다. 장갑에 수놓아진 무늬는 용, 그것도 멸종했다고 알려진 포악한 용이었다.

식전 간식이 차려지고 술잔이 입맛을 돋우는 탐스러운 색의 음료로 채워지는 동안 왕이 먼저 입을 열었다.

– 손은 어쩌다 다치게 되었는지?

– 이것 말씀입니까? 별것 아닙니다. 개에 물렸습니다.

– 그렇다면 당연히 그 개는 죽였겠군. 사람을 무는 개는 죽여야 마땅하지. 주인에게 충성하지 않는 건 사람이나 동물이나 무슨 가치가 있나?

페누아는 거침없이 열변을 토했다. 그가 하고 싶은 말을 해도 주위의 모두는 그저 잠잠히 듣기만 할 뿐이었다. 그는 그런 삶에 익숙해져 있어서 그것이 모름지기 사람의 미덕이라고 단단히 믿고 있었다.

–죽이지 않았습니다.

손님은 그렇게 말하고 나서 얼른 자기 말을 정정하며 껄껄 웃었다.

–사실은 죽이지 못했습니다. 목숨을 건져서 도망친 것이 고작이었습니다. 여간 사납지 않아서요.

–어떤 개였길래? 나도 개에 관심이 좀 있어서 말이오.

–작고 털이 없는 품종입니다.

–작은 개일수록 성질이 사납지.

손님은 미소를 지으며 성한 왼손으로 잔을 들어 마셨다. 시중들던 하인이 이내 실수를 깨닫고 얼굴빛이 어두워졌다. 다친 손 쪽에 잔을 놓아두었던 것이다. 다행히 왕이나 손님이나 신경 쓰지 않는 눈치였지만 왕의 심기를 거스르면 그것만으로도 감옥에 갇힐 수 있었다.

–손만 다친 것이 다행입니다. 하마터면 목을 물릴 뻔했거든요.

손님은 그때 머릿속에서 작고 털이 없는 강아지 대신 까마귀들의 수장 작을 떠올렸다. 그는 제국에 가서 황태자를 만난 다음 작을 찾아가 에젠 공을 향한 충성을 강요했다. 까마귀들의 수장은 까마귀 발톱을 보내 그의 오른손 엄지부터 중지를 자르는 것으로 그 제안에 응답했다. 목숨을 건진 것만 해도 기적 같은 관대함의 표현이었다.

에젠 공은 상처가 아물기도 전에 그를 놋으로 보냈다. 목적은 서신이 없어도 전달할 수 있을 만큼 뻔한 것이었다.

두 시간이 넘는 식사가 끝나고 에젠 공이 손수 작성한 편지를 읽은 페누아는 편지를 구석에 내려놓고 볼록해진 배를 내밀며 의자에 기댔다.

−저는 에젠 공께 드릴 응답을 받아서 가야 합니다.

−알고 있소. 그나저나 에젠 공의 편지는 해석할 필요가 없군. 제국 문서하고는 달라.

−공께서는 예전부터 제국의 허례허식을 싫어하셨습니다. 직설적으로 목적을 밝히면 무례하고 천박하다고 생각하는 제국의 문화는 고쳐야 한다고 생각하셨습니다. 에젠 공이 군사를 일으켜 다시 나라를 되찾으려고 하는 것에는 그런 의미도 있습니다. 힘을 빌려주시겠습니까?

페누아는 손님의 말이 개가 짖는 소리보다 들을 가치가 없다고 생각했다. 그가 아는 에젠 공, 오셀롯은 제국의 잘못을 일소하려고 나선 영웅이 아니라 그저 권력에 중독된 인간일 뿐이었다.

−우리가 지난번 동맹을 맺었다고는 하지만 군사를 움직이는 것은 내가 혼자 결정할 수 있는 일이 아니오. 신하들과 상

의해 보고 며칠 안에 사람을 보내겠소.

–그럼 저는 대답을 들을 때까지 여기서 머물겠습니다. 놋에 훌륭한 의사가 있다고 하니 손을 치료하는 것도 겸해서요.

페누아는 건성으로 고개를 끄덕이고 손님을 내보냈다. 비서가 나타나 왕의 의중을 넌지시 떠보았다.

–에젠 공을 도우시겠습니까?

–이기는 쪽을 도와야지.

–누가 이길지 전쟁이 끝나기 전에 어떻게 알 수 있겠습니까?

–어차피 겨울이 코앞이야. 겨울에 전쟁하는 바보는 없어. 본격적인 전쟁은 봄에 시작될 테니 그때까지 저울을 달아볼 시간은 충분해.

비서는 왕의 대답에 만족했는지 작게 콧소리를 냈다. 왕 앞에서 개인적인 특성을 지워야 하는 그가 유일하게 숨기지 못하는 버릇이었다.

페누아는 아무래도 좋았다. 그저 뱀 대가리 아래에 누워 도적 살쾡이의 이야기나 한 권 더 읽고 싶었다.

나트릭은 뱀이 아니라 사실

용이었다고 주장하는 사람이 있다.

제국과 주변 나라의 전설 속에서

뱀과 용은 동일한 생물처럼 취급될 때가 많다.

나트릭이 지방의 군벌이고 그와 싸운 용사는

반란군의 지도자였다는 말도 있다.

반란군이 승리하고 나서 전설이 생겨났다는 것이다.

-나는 그런 이야기들을 믿지 않아.

페누아가 어렸을 때 그의 할아버지는

거듭해서 그렇게 말했다. 그는 등을 덮을 만큼 큰

나트릭의 비늘 무늬를 지닌 사람이었다.

-나트릭은 진짜야. 이야기는 영원히 남겠지만

거짓을 말하는 자들은 무덤에서 침묵하게 될 거야.

어린 페누아는 무덤 속에 누운 자신을 상상하고

부르르 떨었다. 그날 밤은 좀처럼 잠들기 어려웠다.

# V

겁이 많은 칼디가 여행을 결심하자마자
믿을 수 없는 소식이 찾아온다

젤레즈니 왕국에서 가장 멸시당하는 사람의 나비 표본은 그해 여름 하나가 더 추가되었다. 날개를 펼치면 양쪽을 가로지르는 뚜렷한 무늬가 마치 망토를 뒤집어쓴 것처럼 보이는 종이었다. 전체적으로 회색빛이라 화려한 모습은 없었다. 칼디는 그 나비에 은둔자라는 별명을 붙여 주었다.

젤레즈니 여왕의 동생에게 얼굴을 맞대고 욕하거나 흉을 보는 사람은 없었다. 그들은 칼디를 누나에게 응석 부리는 바보 정도로 생각했고, 그가 쪼르르 달려가 이르면 자기들이 곤란한 처지에 빠질까 두려워했다. 여왕은 같은 배에서 태어난 사람이라고는 믿을 수 없게 단호한 구석이 있었던 것이다. 그래서 데네브가 남자인 동생을 제치고 왕이 되었다.

그 무렵 제국의 정세에 관한 소식이 젤레즈니까지 전해졌다. 에젠 공 오셀롯이 대장군으로 임명한 무가 전쟁을 일으킨 것까지 알기에는 시간이 부족했지만 조만간 제국에서 내전이 일어날 거라는 사실은 지위가 높고 낮은 사람 중에 모르는 이가 없었다.

–그러니까 지금 여왕께서 자리를 비우시면 모두가 불안하게 생각할 것입니다. 정 순례를 원하신다면 내년 봄으로 정하십시오.

여왕을 찾아오는 신하들은 하루가 멀다고 간언했다.

–그대가 말하지 않았소? 내년 봄이 되면 전쟁이 일어날 거라고. 그럼 전쟁 중에 나랏일을 버리고 순례를 가는 왕이 되라는 말인가?

–그건 아닙니다.

–그러면 내게 순례를 가지 말라고 하는 거로군. 이번에만 말리면 어차피 그럴 여유가 없을 테니까.

–그렇게 말씀하시면 제가.

–되었으니 더는 방해하지 마시오. 내가 가는 목적이 사사롭다고 생각해서 그러는 모양인데 그건 사실이 아니오. 나는 대장장이 왕이 아직 어렸던 시절에 생사의 갈림길을 함께 겪은 적이 있소.

그 이야기를 모르는 사람은 젤레즈니에 아무도 없었다. 여왕이 대장장이 왕의 생명을 구한 것은 여왕을 싫어하는 일부를 제외하고는 모두에게 환영할 만한 일이었다. 그녀는 권력자 중 대장장이 왕과 가장 가까운 사람이라고 할 수 있었다.

-나는 대장장이 왕을 다시 만나서 친교를 다지고 전쟁의 시기에 그의 도움을 얻으려고 하오. 지금 당장 출발하지 않으면 겨울이 오게 될 테고 여행을 시작하지도 못한 채로 전쟁이 벌어질 것이오. 그러면 그대가 선봉장이 되어 전쟁에 뛰어들어 주겠소?

여왕과 신하들 모두 전쟁이 일어나면 중립을 지키며 관망하는 것이 불가능하다는 것을 전제로 삼고 있었다. 전에 황제였던 사람과 지금 황제인 사람은 그들이 혈연이라는 것도 잊고 가진 것을 모두 동원해서 상대를 부수려고 할 것이다. 그들의 어리석음을 지적하려면 그들보다 강해야 했다. 젤레즈니에는 그런 국력이 없었다.

신하들은 여왕이 갑자기 대장장이 왕의 신전을 방문하는 원인에 오카브가 있음을 쉽게 짐작했다. 그러나 대장장이 왕을 만난다는 명분이 충분했고, 실제로 위기의 상황에서 대장장이 왕이 다시 한번 젤레즈니를 지켜 준다면 누구보다 든든한 우방을 얻는 셈이었다. 그래서 그들은 여왕을 당해 내지 못하고 모두 물러났다.

칼디가 누나를 방문한 것이 딱 그즈음의 일이었다. 사람들이 여왕의 순례에 대해 말하느라 바쁜 시절이었다. 스타인 사람만큼은 아니라고 해도 젤레즈니 사람 역시 소문에 대해 이러쿵저러쿵하기를 좋아했다. 독수리가 하늘을 날듯 인간의 본능이라고 말해도 좋은 것이었다.

만남은 여왕의 개인 방에서 이루어졌다. 그곳에 들어갈 수 있는 사람은 여왕 본인과 충실한 세르피나, 그리고 세르피나가 인정한 몇몇 하녀 정도였다. 칼디도 들어갈 수 있는 사람이기는 했으나 평생 그런 적이 몇 번 되지 않았다.

–누나에게 부탁이 있어서 왔어.

–칼디, 네가 이곳에 직접 와 주다니. 새로운 나비를 발견한 거니?

–그것도 맞아. 하지만 그보다 중요한 일로 왔어. 나비는 소중해서 가져오지 못했어. 보고 싶으면 누나가 직접 와야 해.

칼디는 여왕의 방이 불안한 사람처럼 좌우를 두리번거렸다. 그는 낯선 장소는 어디가 되었건 좋아하지 않았다.

–그럼 그냥 나를 보려고 온 거야?

칼디는 고개를 젓고 나서 한참 고민하듯 방을 서성거렸다. 보석이 박힌 화려한 옷장을 만져 보기도 하고, 선반을 덮어 둔 레이스의 실을 따라 긴 걸음을 옮기기도 했다.

데네브는 동생의 마음이 정해질 때까지 여유롭게 기다리며 손짓으로 세르피나도 앉으라고 해 두었다. 그녀는 동생이 머뭇거리고 생각이 많은 것을 결점이라고 생각하지 않았다. 어째서 뻔뻔스럽게 굴면서 잘난 척하는 것만이 고귀한 인간의 징표가 되었을까. 칼디는 겸손한 사람이라 누구에게도 해를 끼치지 않으려고 했고 그것만으로도 누나의 마음에 들기에는 충분했다.

마침내 칼디가 누나에게 용건을 말하기까지 30분이 넘는 시간이 흘렀다.

– 나는 누나와 함께 가고 싶어.

– 대장장이 신의 신전을 말하는 거니?

– 응.

– 그래, 알겠어.

칼디는 그렇게 쉽게 승낙받을 줄은 몰랐다는 듯이 눈을 동그랗게 떴다. 세르피나도 조금 놀란 것처럼 보였다.

– 넌 좀처럼 어디를 먼저 가고 싶다고 말하는 사람이 아니잖니? 그런 사람이 가고 싶다고 하면 거절할 수 없지.

– 새로 발견한 나비를 가지고 갈 거야. 그분에게 어울리거든. 기뻐하실 거야.

– 아, 그렇다면 꼭 가야겠구나.

칼디는 심장이 뛰는 느낌을 싫어하는 사람이었지만 누나의 방을 나와 돌아오는 길에 세 가지 이유로 심장이 뛰었다. 하나는 오카브를 다시 만나는 것에 대한 기대였고, 다른 하나는 여행에 대한 두려움이었고, 마지막 하나는 머리에 들러붙은 생각을 떨치고자 평소답지 않게 달려서였다.

그는 집에 도착하자마자 나비 방으로 가서 모든 것들이 제자리에 있는지 점검했다. 나비들은 정교하게 만든 상자에 담겨 벽에 걸려 있었다. 뚜껑의 유리가 매끄러워 안이 투명하게 보였다.

–나비를 수집하시는군요. 고상한 취미입니다.

지금도 그렇게 말했던 오카브의 모습이 생생했다. 정원에서 나비를 잡다가 산책하던 대장장이 왕을 만났었다. 벌써 10년은 된 일이었다. 그때는 오카브도 젊었고 누나도 젊었고 칼디도 더 젊은 시절이었다.

–맞아요.

칼디가 수줍음 타는 모습을 보고도 오카브는 가만히 있었다. 사람들이 칼디는 본래 그런 반편이라고 비웃는 것을 들은 적이 있었다. 그러나 오카브가 보기에 그는 다른 사람을 어려워할 뿐이었다.

–하지만 이렇게 수집해도 항상 망가져 버려요. 상자에 넣으면 한눈에 볼 수 없고요.

칼디 딴에는 처음 이야기하는 사람에게 굉장히 길게 말한 것이었다.

–뚜껑이 유리인 작은 상자를 만들면 되지 않겠습니까?

–하지만 유리는 완전히 투명하지 않아요.

칼디는 스스로 말수가 많아졌다고 느꼈다.

–그건 기술이 부족하기 때문입니다. 제대로 만들면 투명해요. 속이 훤히 보입니다.

–젤레즈니에는 그렇게 뛰어난 기술자가 없어요.

–지금은 운 좋게도 여기 한 명 있지요. 사실 보통 기술자가 할 수 있는 일은 아닙니다. 그런데 저에게는 별로 어려운 일도 아니니 만들어 드리지요.

처음에는 농담이라고 생각했다. 그러나 대장장이 왕은 진지했다.

–몇 개 정도가 필요하십니까?

칼디는 잠시 고민했다.

–젤레즈니에 서식하는 나비 중에서 지금까지 제가 찾아낸 종은 100개를 넘지 않아요. 하지만 앞으로 더 많이 찾을 수 있을 거예요.

–그렇다면 150개 정도가 어떻습니까? 모자라면 나중에 더 만들어 드리지요.

다음 날 아침 오카브는 일꾼 몇 명과 함께 나타나 칼디의 아침잠을 방해했다. 그에게 손님이 오는 것은 드문 일이라 알리는 하인이 더 당황한 것처럼 보였다.

– 이상한 것들을 잔뜩 가지고 오셨습니다.

칼디가 눈을 비비며 나가 보니 이미 정원에 모래가 수북이 쌓여 있었다.

– 젤레즈니에서는 좋은 모래를 구하기 쉽지 않더군요. 여기 강모래를 퍼 왔으니 이거면 충분할 겁니다.

그다음부터 오카브는 묘기를 보여 주었다. 대장장이 신의 힘으로 물건을 만드는 것을 볼 기회는 흔하지 않았다. 그는 화덕도 없이 흙으로 도자기를 만들어 냈는데 흠 없이 매끈하고 크기가 모두 일정한 사각형이었다. 그렇게 만들어 낸 사각 접시는 열 개씩 쌓여 탑 열다섯 개를 이루었다.

이어서 오카브는 왼 손바닥에 접시 하나를 놓고 오른손에 모래 한 줌을 집어 접시 위를 쓰다듬듯 문질렀다. 그러자 얇고 투명한 유리막이 접시를 덮었다. 아무것도 없는 듯이 속이 비쳐 보였고 모양 또한 일정했다.

칼디는 오카브가 집중하는 모습을 눈여겨보았는데 그의 얼굴은 마치 불길에 휩싸인 것처럼 붉게 보이고 머리카락은 스스로 빛나며 반짝이는 것 같았다.

대장장이 왕은 그렇게 순식간에 나비를 보관할 통을 만들고 나서 다시 원래의 얼빠진 얼굴로 돌아왔다. 빛나던 얼굴은 초췌해졌고 조금 전의 영광이 사라진 탓인지 괜히 더 칙칙하게 보였다.

– 보통 아침을 드십니까? 힘을 쓰고 나면 배가 고파서요.

오카브는 칼디의 표정을 보고 미처 묻지 못한 질문까지 감지해 냈다.

– 아, 아무리 대장장이 신의 권능으로 일한다고 해도 도구의 힘이 쓰이지 않는 건 아닙니다. 오히려 그 권능의 도구가 되는 사람은 급격하게 체력을 소모하지요. 대장장이 왕 중에 살찐 사람이 없는 것은 그런 이유에서입니다.

대장장이 왕 오카브는 칼디의 집에서 아침을 건하게 먹고 나서 돌아갔다. 그는 젤레즈니 사람이 아니면서도 칼디의 나비 수집품을 볼 수 있는 자격을 얻은 유일한 사람이었다.

그러나 그는 단 한 번도 자기가 만든 상자 안에 담긴 나비들을 보러 오지 않았다. 대신 그는 카부스빌의 학살자가 되었다. 칼디는 누나를 위한 마음이 더 커서라는 것을 눈치챘지만 그가 보호한 대상에 자신도 있다는 것을 의심하지 않았다. 그는 젤레즈니의 나비를 담은 상자를 제국의 군화가 짓밟는 것을 원하지 않았을 것이다.

내가 더 용기가 있었더라면 오카브 님을 만나러 갔을 거야.

그러면 그분께 힘이 되었을 거야. 그런 자책의 세월을 끝내기 위해 누나를 따라나서기로 결심했다. 칼디는 그에게 은둔자 나비를 보여 주고 그 나비 이름을 오카브로 지어도 괜찮은지 허락을 받고 싶었다.

오카브라면 분명히 이렇게 말할 것 같았다. 그럼 제가 죽어도 이름이 나비에 남을 테니 나쁘지 않군요.

그러고 보니 오카브가 만들어 준 상자 중 두 개는 청소하던 사람의 실수로 깨지고 전부 148개가 남아 있었다. 칼디가 몇 년 동안 유일하게 불같이 화를 냈던 일이었다. 아무튼 여유분은 겨우 세 개 남았다. 칼디는 오카브가 여전히 상자를 만들어 줄 능력이 있는지도 궁금했다.

– 너는 나랑 같이 가게 될 거야.

그리고 아무도 여왕의 선택에 반대하지 않을 것이다. 중요한 것은 여왕의 움직임이지 나비나 모으는 그녀 동생의 움직임이 아니다. 그가 어떤 운명을 맞이하건 젤레즈니 사람들은 관심이 없었다.

순례 준비가 착착 진행되는 동안 불길한 소식이 몇 개 전해졌다. 겨울이 오기도 전에 제국에서 내전이 일어날 거라고 했다. 오셀롯이 악마의 군대를 일으켰다는 말도 나왔는데 권력 있는 사람들은 그 말을 진지하게 듣지 않았지만 세간에는 그 말을 의심하는 사람이 없었다. 악마들은 제국 수도를 지나 젤레즈니까지 짓쳐 들어온다고 했다.

칼디가 여행을 이틀 앞두고 가벼운 옷가지와 은둔자 나비가 든 상자를 고이 챙겨 두었을 때 여행에 나쁜 소식이 하나 더 전해졌다. 제국에서 황제가 사절을 보냈다고 했다. 카부스빌에서 오카브가 제국 군대를 막은 이후 두 번째였다. 첫 번째는 전쟁의 제단에서 열렸던 평화 조약을 위한 것이었다.

칼디는 누나를 만나러 가지 않고 집에 칩거하면서 문제가 생기지 않기를 바랐다. 그가 집에 며칠씩 스스로 갇혀 있는 것은 흔한 일이라 아무도, 심지어 그를 모시는 하인조차 그의 마음에서 휘몰아치는 혼란의 소용돌이를 읽지 못했다.

젤레즈니 여왕은 공식적인 자리에서 황제를 대신하는 사람을 만났다. 여왕은 새 황제를 아직 만난 적이 없었고, 연락을 받기도 처음이었다.

–여기 황제께서 보내신 문서를 바칩니다.

데네브는 젤레즈니의 서기관 중 가장 높은 사람을 시켜 그 문서를 대신 받게 했다.

–해석이 끝나는 대로 다시 부르겠소.

그것이 관례였다. 황제의 의중을 읽기 위해서는 나라에서 가장 뛰어난 서기관들이 모여 글을 해석해야 했고, 그 일에는 적어도 사흘 정도가 걸렸다. 혹시라도 실수가 나와 망신을 사는 일이 없도록 두 번 세 번 꼼꼼하게 검토하는 탓이었다.

–그러나 이번 일은 예외로 두고 싶습니다. 황제께서 허락하셨습니다.

–그게 무슨 말이오?

먼 길을 달려서 힘들다는 듯이 황제의 사절이 넓고 매끈한 이마를 닦았다. 그러나 데네브는 진정 고생한 것은 그의 제국산 말과 마부이고 그는 기름진 몸을 반쯤 눕힌 상태로 편하게 움직였다는 것을 잘 알았다.

–지금은 급박한 시대이니 저 문서를 해석하고 있을 시간이 없다는 말씀입니다. 아무래도 반란군은 겨울이 오기 전에 속전속결로 전쟁을 끝내려는 모양입니다. 벌써 제국 동쪽에서는 전쟁이 시작되었습니다. 그러니 한시바삐 우리의 대응을 정해야 합니다.

–우리라고 하셨소?

사절은 다시 이마의 땀을 닦았다. 여왕은 그가 원래 땀이 많은 체질이 아닌가 의심했다.

–그렇습니다. 저 간악한 오셀롯은 한때 젤레즈니를 침략하려고 한 자가 아닙니까? 그자의 목적은 제국에 국한되지 않을 것입니다. 그러니 우리가 힘을 합쳐서 적을 막아야 합니다.

사절이 어찌나 힘을 주어 말하는지 그의 팔이 움직이면서 소매가 바람 소리를 낼 지경이었다. 여왕은 그 소리를 듣고 슬며시 웃었다. 그녀는 일이 이렇게 되리라는 것을 짐작하고 있었다. 오래 전부터 침상에 누울 때마다 상상하던 일이었다.

－그렇다면 대장장이 왕의 일, 카부스빌의 일은 어떻습니까?

묻고 나니 얼굴이 달아오르고 몸에서 땀이 났다. 입에서 나오는 기운도 덥게 데워진 느낌이었다.

－그게 무슨 말씀이신지?

사절은 눈을 작게 오므리며 물었다.

－오셀롯이 우리 젤레즈니를 침략하려고 했던 간악한 자라고 말씀하셨잖습니까?

－그렇습니다만.

－그렇다면 카부스빌에서 그 군대를 막은 오카브는 죄를 지은 것이 아니겠지요. 그는 제국의 적이 아니니 수배를 풀고 귀인으로 대접할 것을 청해도 무리한 요구는 아니겠지요.

사절은 여왕을 의심하는 눈으로 보면서 자기가 연극 속에 어쩌다 끼게 된 인물처럼 초라해졌다고 생각했다. 모든 것이 이미 짜인 것만 같았다. 데네브가 마치 거미처럼 함정을 만들어 두고 그를 끌어당긴 것 같았다. 그럴 때면 먹이들이 흔히 그러하듯이 그도 정신이 혼미해졌다.

–제게 그런 권한은 없습니다.

–황제께서는 우리의 동의를 끌어내기 위해 웬만한 것은 양보할 수 있는 전권을 주셨을 텐데요.

데네브, 어린 것이 방자하구나. 사절은 그렇게 생각한 것을 입 밖으로 내지는 않았다.

–황제께서는 귀국이 아무런 조건 없이 전적으로 동의할 일이라고 생각하셨습니다.

–우리는 아무런 조건이 없습니다. 단지 일을 올바르게 바로잡고 나서야 다음 단계로 나아갈 수 있음을 말하는 겁니다.

황제가 보낸 사절은 황제의 권한과 지위를 일부 가지고 다녔다. 그가 문서에 서명하면 황제가 서명한 것과 동일한 효력을 발휘했다. 그날 황제의 사절은 젤레즈니 여왕이 내민 문서에 서명했는데, 오셀롯의 침략 행위가 잘못된 것이고 이를 막은 전 대장장이 왕 오카브의 죄를 처음부터 없던 것으로 만든다는 내용이었다. 분명히 즉석에서 만든 문서는 아니었으니 그 문서를 필사하고 장식을 넣는 데만 며칠은 걸렸을 법했다.

–젤레즈니는 실질적인 이익보다 명분 따위를 우선할 거야. 그치들은 항상 그렇게 하니까. 명분은 다 주고 와도 좋네. 대신 젤레즈니의 협력을 얻지 못한다면 다시 제국 땅으로 들

어오지 말게.

황제가 그렇게 말하는 것을 듣고 온 사절에게 선택의 여지는 없었다.

두 나라의 동맹을 축하하는 작은 연회가 끝나고 낮의 허물이 사그라드는 밤이 찾아오자 누나는 동생의 집을 방문했다.

-기쁜 소식이 있어, 칼디. 우리는 사면장을 가지고 오카브님을 만나러 갈 거야.

데네브의 얼굴은 불그스름했다. 칼디는 술과 피로와 흥분 중 어떤 것이 누나의 얼굴을 그렇게 만들었는지 몰랐지만 어른이 된 후 처음으로 누나를 안는 것으로 대답을 대신했다. 데네브는 동생의 어깨 너머 하늘에 뜬 길잡이 별을 오카브도 지금 함께 보고 있기를 소망했다.

은둔자 나비는 제국에서도 흔한 종이라

제국의 학자들이 오래전에 발견해서

이미 그 이름을 붙여 놓았다.

『생물 사전』의 저자 흄 알라비드는

그 나비의 이름을 회색나비라고 정했는데

그에게는 큰 감흥을 주는 외모가 아니었던 것 같다.

이후 학자들은 회색털나비,

그믐나비 같은 이름을 제멋대로 붙였다.

그중 가장 이해하기 어려운 것은 에퍼나비이다.

에퍼는 스타인에서 전쟁이나 천재지변으로

갑자기 늘어난 고아들을 뜻하는 말인데

이름을 지은 자에게는 화려하기는커녕 초라한 외모가

길거리를 떠도는 에퍼와 비슷하다는

생각이 떠올랐던 모양이다.

## VI

멀리서 찾아온 손님들의 대답에
레푸스의 인내심이 바닥나 버린다

-정말 깜짝 놀랐습니다, 대장장이 왕. 당신의 능력은 듣던 것 이상으로 강하군요. 그렇게 순식간에 장벽을 만들어 내다니 제가 쓰는 마법보다도 강하다는 생각이 들었습니다.

아리셀리스의 태도에는 과장이 없었다. 그는 진심으로 자기보다 어린 청년을 다시 보게 되었다. 어렸을 적부터 툭하면 부상을 입고 그의 구원을 받더니 어른이 되고 나서는 실없는 소리만 하는 것이 믿음직스럽게 보이지는 않았다. 그런데 막상 그가 진지한 얼굴로 신의 권능을 사용하는 모습은 아리셀리스에게 경이롭다 못해 무섭기까지 했다.

그가 내 적이 된다면 참으로 두려운 존재가 될 것이다. 마법사 왕국의 오랜 염원을 형에게 들어서 알게 된 아리셀리스로서는 그런 생각을 떨칠 수가 없었다.

-그렇지 않습니다, 아리셀리스 님.

에이어리의 얼굴에서 장난기가 보였다.

– 전혀 그렇지 않아요.

에이어리는 두 번이나 힘주어 말했다. 무엇이 그렇지 않다는 것일까? 아리셀리스는 그의 태도를 이해하기 어려웠다.

– 저에게는 훌륭한 스승님이 계십니다. 저보다 먼저 대장장이 왕의 자리에 오르셨던 오카브 님이죠. 그분은 대장장이 왕 중의 대장장이 왕이라고 불릴 만한 분이셨어요. 하지만 그분도 순식간에 장벽을 만들어 내실 수는 없었을 거예요.

– 그럼 에이어리 님이 오카브 님보다 뛰어나다는 말씀이잖아요? 그런 식으로 자기의 능력을 뽐내시는 거예요?

옆에서 듣고 있던 투란이 끼어들었다. 아리셀리스는 예의 없는 짓이라고 생각해 표정이 변했으나 에이어리는 대수롭지 않게 생각했다. 그는 에퍼 출신이었으므로 자기보다 신분이 낮은 사람이 따로 있다는 태도를 보일 배경이 없었다. 어려서부터 왕족으로 대접받았던 아리셀리스와 다른 점이었다.

– 그게 아니야, 투란. 그 어떤 대장장이 왕도 순식간에 장벽을 세울 수 없다고 말하는 거야. 오카브 스승님도 카부스빌에서 제국을 상대할 때 밤을 새우며 준비했다고. 대장장이 왕들은 마법사처럼 순식간에 힘을 발휘할 수 없어.

– 그러면 어제 그 벽은 어떻게 된 거죠?

– 그건 눈속임이야.

대장장이 왕이 의기양양하게 선언했다. 아리셀리스와 투란, 그리고 적당히 떨어져서 대충 듣던 데스커드까지 그 말을 믿지 못해서 순간적으로 그림 속 인물처럼 정지해 버렸다.

–진짜라니까.

–그럼 그 벽은 뭔데요?

데스커드도 참지 못하고 대화에 끼어들었다.

–그때 폴로 공국의 군대를 보고 화가 나기는 했지만 당장 할 수 있는 게 없었어. 오카브의 유산을 쓰고 싶어도 그건 가까운 거리에서만 효과가 있단 말이야. 상대는 무장까지 했고.

–그래서요?

투란이 재촉했다. 아리셀리스는 둘의 거북스러운 태도에 지쳐 팔짱을 끼고 듣기만 했다.

–겉으로만 그럴듯해 보이는 가짜 장벽을 만들었지. 속은 텅텅 비었지만 겉만 보면 진짜처럼 보이는 장벽 말이야. 다행히 그 땅의 흙이 좋아서 반죽하고 구워서 세워 놓으니 제법 단단해 보이더라고.

–그러면 그게 전부?

–그래, 투란. 네 주먹으로 쳐도 부서질 만큼 약한 벽이야.

–투란의 주먹으로는 어떤 벽이든 부술 수 있죠.

투란은 그 농담이 마음에 들지 않았는지 데스커드 쪽으로 다가갔다. 둘이 실랑이를 벌이는 덕분에 아리셀리스는 겨우 정중하게 끼어들 틈을 낼 수 있었다.

-그러나 그 벽이 만들어지는 속도는 여전히 놀라웠습니다. 아까 마법사의 속도를 대장장이 왕은 따를 수 없다고 하셨는데 저는 그 말씀에 동의하기 어렵군요.

-속도는 상대적이니까요, 아리셀리스 님. 번개보다 빠른 마법에 비하면 이런 건 빠르다고 할 수 없지요.

-그래도 대장장이 왕의 손이 느리다는 말은 더 이상 믿지 않겠습니다. 저는 태어나서 그보다 놀라운 장면을 본 적이 없습니다.

-저도 어렸을 적 아리셀리스 님의 마법을 보고 난 후 그 모습이 머릿속을 떠나지 않았습니다. 저도 그보다 큰 충격을 받은 일이 없습니다.

에이어리는 아리셀리스의 칭찬에 홍겨워하며 테이블로 손을 뻗었고 유리잔에 담긴 붉은 음료를 마신 다음 다시 감탄을 내뱉었다.

-와, 이건 정말 맛있는데?

-조심하세요. 그게 바로 스타인의 유명한 특산물인 파르바주니까요. 오죽 세 방울 왕자는 그걸 마셨다가.

데스커드가 말을 마치기도 전에 성큼성큼 안으로 들어오는 사람이 있었는데 바로 오줌 세 방울 왕자라는 별명을 가진 레푸스 대공이었다. 데스커드는 기겁해서 구석으로 물러났다. 혹시라도 그가 자신이 내뱉은 말을 들었을까 걱정되었다.

레푸스의 근엄한 얼굴은 그런 하찮은 농담은 듣지 않을 것처럼 단단해 보였다. 그러나 매끈한 피부는 젊은 시절보다 탄력이 떨어져 보였고 눈 밑 그늘은 흰 피부와 대조적으로 검어서 건강에 문제가 있는 것 같은 인상을 풍겼다. 풍채는 더 커졌는데 이제는 풍성한 옷으로 가려진 배뿐 아니라 팔다리도 굵어져 있었다. 얼마 전 대장장이 신의 신전에서 그를 만난 적이 있던 에이어리는 변화에 놀라서 그와 닮은 형제가 나온 것이 아닌가 잠시 의심했다.

에이어리는 표정을 숨기는 재주가 없었기에 레푸스는 그 의미를 어렵지 않게 알아차렸다.

-제 외모가 전보다 많이 상했다면 저 폴로 공국의 침략 때문입니다.

에이어리와 아리셀리스, 대장장이 왕과 마법사 왕의 동생은 자리에서 일어나 먼저 대공의 아버지 무스텔라에 대한 조의를 전했다.

레푸스는 고개를 숙여 감사하며 아버지의 마지막 모습을 떠올렸다. 아버지는 관에 누워 하얀 파르바꽃에 덮여 있었다.

눈을 드니 에이어리 일행이 마시던 붉은 파르바주가 눈에 들어왔다. 레푸스의 눈에는 피처럼 붉게 보였다.

하얀 파르바꽃 위로, 아버지의 관 위로 붉은 파르바주를 붓는다. 피는 쏟아지고 쏟아져 꽃잎을 붉게 적시고 아버지의 얼굴을 덮는다. 아버지는 그래도 숨이 막히지 않는다는 듯이 편안하게 잠들어 있다. 그는 아버지가 눈을 뜰까 무서워 견딜 수가 없다.

–대공님?

레푸스는 대장장이 왕이 그렇게 여러 번 부르고 나서야 상념에서 깨어났다.

–앉으십시다, 여러분. 여러분이 이렇게 와 주셨으니 스타인은 다시 하나가 될 수 있을 겁니다. 폴로 공국만 없으면, 건강한 이 사이에 충치만 없으면 모든 것이 원만하게 해결되지 않겠습니까?

레푸스가 그렇게 좌중의 분위기를 이끌고 있는데 사람이 하나 더 들어왔다. 그를 보자마자 레푸스가 반색하는 것을 보면 사전에 계획된 일이라는 것을 알 수 있었다.

–피에스, 어서 오게. 자네는 내 충신이자 조언자이니 마땅히 이 회의에 참여해야 하지.

에이어리와 아리셀리스가 놀란 것은 당연했는데 만약 레푸스를 따라 들어오는 신하가 있다면 그것은 당연히 마르쿠스가 될 것이라고 생각했기 때문이었다. 누가 생각해도 그것이 합당한 일이었다.

–마르쿠스 님은 어디에 계십니까?

대장장이 왕의 질문에 대공은 안색이 변했다. 화가 난 것도 같았고 부끄러운 것도 같았다.

–그는 다른 임무를 띠고 멀리 떠나 있습니다. 그의 안전을 날마다 빌고 있습니다.

새로 들어온 피에스는 어느 면으로 보아도 신뢰감을 주지는 못하는 인물이었다. 그의 눈동자는 마치 물속에 띄워 놓은 것처럼 머리가 움직일 때마다 사방을 두리번거렸는데 그 게슴츠레한 눈빛이 훔쳐보는 것과 비슷해서 시선의 대상을 소름 끼치게 만들었다. 자기도 그런 약점을 알고 있는지 근엄하게 보이기 위해 턱수염을 길렀지만 몇 가닥 되지도 않는 수염은 지저분해 보였고 오히려 그를 더 야비하게 보이게 했다.

에이어리는 겉보기에 야비해 보여도 실제로는 진중하고 사려 깊은 사제장 탈와르를 알고 있었기에 외모로 사람을 판단해서는 안 된다는 것을 알았다. 그러나 그가 풍기는 기운은 탈와르가 풍기는 것과는 극과 극으로 떨어져 있었다.

피에스는 본래 폴로 공국에서 왕권 복귀와 통일을 외치던 자였다. 그러다가 모제스가 집을 떠나 플리니 대공을 찾아가는 계기를 제공하기도 했다. 그는 폴로 공국을 탈출해 레푸스의 스타인 공국으로 왔지만 가만히 때를 기다렸다. 그리고 마르쿠스가 없는 틈을 타 레푸스의 환심을 사고 어느새 아끼는 신하가 되어 있었다.

소개가 끝나고 나서 레푸스가 피에스를 부추겼다.

-피에스, 귀중한 손님들께 스타인 왕국의 유구한 역사와 통일의 필요성을 설명해 드리게.

피에스가 뽐내며 나서는 모습을 보고 손님들은 그에게 기막힌 연설 솜씨가 있는 것이 아닌가 조금은 기대하는 마음을 품었다. 그렇지 않고서야 갑자기 나타나 레푸스 대공의 마음을 사로잡을 수는 없지 않겠는가?

그러나 피에스가 입을 열자마자 그 기대는 완전히 짓밟힌 것이 되었다. 그의 말을 꼭 들어야 하는 두 사람을 빼고 데스커드와 투란은 일찌감치 구석으로 가서 속삭였다.

피에스는 자기 말에 집중하지 않는 두 사람을 보고, 게다가 그들의 신분이 높아 보이지도 않자 기분이 상해서 목소리가 흔들렸다.

-스타인 왕국은 제국의 가장 큰 우방으로서 지금까지 오랜 세월을 거치면서 황제가 가장 신뢰하는 나라였고, 또 제국

의 망명자들이 선택하는 나라가 항상 스타인이었다는 것은 그냥 넘길 일이 아닙니다. 스타인의 농업 생산량은 제국에 미치지는 못하지만 상당한 양일뿐 아니라 특산물 중 제국에서 나지 않는 종류만 따로 세어 봐도.

에이어리는 거기까지 듣고 나서는 이 지루한 시간이 언제 끝날까만 생각하게 되었다. 아리셀리스는 겉으로 집중하는 척했지만 그도 크게 다르지 않을 것 같았다.

피에스의 연설은 한동안 계속되었고, 에이어리는 그사이 해가 한 뼘은 땅에 가까워진 것 같은 느낌을 받았다. 그가 돌아볼 때마다 창틀 꼭대기와 해 사이가 점점 벌어졌는데 그대로 가면 아래 창틀까지 닿아도 끝나지 않을 듯했다.

–무슨 말인지 대충 알겠으니 거기까지만 합시다.

에이어리는 피에스보다 자기 발언권이 훨씬 더 강하다는 사실을 겨우 기억해 내고 그렇게 말을 끊을 수 있었다. 피에스는 당황해서 얼굴이 벌겋게 되었고 레푸스는 심기가 불편해졌는지 목을 여러 번 가다듬었다. 아리셀리스도 조금 놀란 듯했지만 굳이 에이어리를 말리려고 하지는 않았다.

–그대가 말한 것은 제국의 입장에서 스타인의 쓸모를 말한 것에 불과하지 않습니까?

피에스는 부끄러움을 감추지 못했다. 에이어리는 오카브의 말을 떠올리며 스승에게 마음속 깊이 감사했다. 대개 지루한 연설가라는 족속들은 재미없는 이야기를 반복하고 또 반복할 뿐이지 갑자기 떠오르는 새로운 주제 같은 것은 꺼낼 재주가 없단다. 이번에도 오카브가 옳았다.

-아리셀리스 님과 나는 제국과 이익을 나누는 사이가 아닙니다. 우리의 방문은 제국과 스타인의 화해를 위한 것이기는 하지만 스타인을 도와 이 땅을 다시 통일하려는 것은 아닙니다.

그러고 나서 에이어리는 간혹 발휘되는 총기 있는 발언으로 레푸스의 마음을 들쑤셔 놓았다.

-스타인을 통일하고 싶다면 그것은 직접 자기 손으로 이루셔야 합니다, 레푸스 대공.

레푸스 대공은 누르락붉으락해진 얼굴과 부르르 떨리는 몸을 감추지 못해서 숨을 몰아쉬며 간신히 한마디를 내뱉었다.

-잠깐 실례하겠소.

레푸스가 나가고 나서 피에스는 어색한 분위기를 견디지 못하고 눈치만 살살 보다가 사라졌다. 그는 인사도 하지 않았다. 에이어리와 아리셀리스는 그가 정확히 어느 순간에 사라졌는지도 알 수 없었다.

-조금은 곤란하게 되었군요.

아리셀리스는 그렇게 말하기는 했으나 실제로 조금도 곤란하거나 신경이 쓰이는 눈치가 아니었다. 그는 대장장이 왕이 한 행동을 마음에 들어 했다. 대장장이 왕도 그것을 강하게 느꼈기에 우쭐한 마음이 생기는 것을 막을 수가 없었다. 아리셀리스에게 인정받은 것은 굳이 이유를 설명할 필요도 없이 기쁘고 뿌듯한 일이었다.

–다시 돌아올까요?

지루한 시간이 끝나자마자 투란과 단둘이 이야기하던 것을 마무리하고 온 데스커드가 물었다. 재미있는 일이 생겨서 다행이라는 태도였다.

–대공이 참을성이 없는 사람은 아니야. 자기 나라를 통째로 짊어진 것 같은 의무감을 기꺼이 받아들인 사람이기도 하지. 하지만.

에이어리는 대공의 부하들이 몰래 듣고 있을 것을 생각해서 입을 다물었다. 전에는 말하고 싶은 대로 전부 말하는 게 좋다는 입장이었지만, 까마귀들의 수장 작의 정체를 밝혔다가 암살 시도를 겪고 나서는 생각이 바뀌었다. 그래도 조금 전에 레푸스에게 한 말을 후회하지는 않았는데 그렇게 말하지 않고서는 그를 설득할 방법이 없다는 것을 알고 있어서였다.

어쨌든 에이어리가 얼버무린 말속에는 대공이 돌아오지 않을 거라는 예상이 담겨 있었다. 레푸스는 잘 참는 사람이다. 그러나 한번 화가 폭발하고 나면 터진 주머니를 다시 꿰매는 일에는 능숙하지 못하다. 아버지의 장례식에서 레푸스의 화가 폭발하는 바람에 전쟁이 갑작스럽게 시작되었던 것처럼 말이다.

대장장이 왕의 예측은 실제와 잘 맞아떨어졌다. 레푸스는 손님들 앞에서 다시 여유를 부리기에는 너무 실망한 나머지 부하들을 보내어 그들을 돌려보내는 쪽을 선택했다. 에이어리는 아리셀리스에게 어깨를 으쓱해 보인 다음 물러날 수밖에 없었다.

-그러면 이제 어떻게 하시겠습니까?

아리셀리스가 묻는 태도를 보면 에이어리의 결정에 전적으로 따를 기세였다. 에이어리는 그 태도를 눈치채고 흐뭇해졌다.

-폴로 공국으로 가야지요. 아크마트 대공을 만나서 전쟁을 일단 마무리 지을 수는 있을 거예요. 소문에 따르면 제국도 곧 전쟁에 휘말린다니까 여기까지 신경 쓸 겨를이 없을 거예요. 그렇게 한다면 레푸스에게 약속한 일을 지키는 셈이에요.

그 무렵 전쟁에 대한 소문은 시간과 공간을 초월한 것처럼 제국과 그 주변 국가 전체에 퍼져 있었다. 에이어리는 시간이

날 때마다 두 사촌의 다툼에서 자신이 어떤 역할을 해야 하나 고민하고 있었다. 아리셀리스도 마찬가지였는데 그의 고민은 보다 애국적인 측면이 있었다. 그는 어쨌든 형이 다스리는 나라가 전쟁에 휘말리기를 원하지 않았다.

각자의 생각을 갈무리하며 숙소에 돌아가 보니 다사가 없었다.

-도망친 건가?

데스커드의 입에서 나오는 소리만 들어도 그가 평소 다사를 바라보는 관점을 알 수 있었다. 한때 오카브의 납치범이었다는 사실 때문에 누구도 다사를 마음 깊이 신뢰하지 않고 있었다.

-데스커드, 데스커드, 진정해. 다사가 도망칠 이유가 뭐가 있겠어? 스승님의 부탁은 그 녀석이 여기 스타인에서 편히 지낼 수 있게 해 주라는 거였는데. 오히려 지금 이유도 없이 도망치는 쪽이 손해지.

데스커드와 투란이 바깥에 나가서 문지기를 만나고 온다고 했다. 에이어리나 아리셀리스처럼 신분이 높은 사람이 캐물으면 자기가 죄를 덮어쓸까 두려워 사실대로 말하지 않는다는 것이다. 둘이 나가자 아리셀리스가 의외라는 듯이 소감을 남겼다.

–저 경호원은 보기보다 영민한 구석이 있군요.

얼마 지나지 않아 두 사람이 허둥거리며 돌아왔다.

–큰일이에요. 다사는 찾아온 손님과 함께 나갔대요. 생김새는 다사와 비슷해 보이는 젊은 여자인데 키는 더 컸다고. 다사의 표정이 좋지 않았다고 했어요.

–그렇다면 다사의 누나로군. 다사는 스타인에 아는 사람이 없어.

에이어리가 씁쓸하게 결론을 내렸다. 다사의 누나라면 무법자 가족 중에서 혼자 살아남은 이로 다사와 오카브에 대한 복수심에 불타고 있었다. 다사를 스타인에 살게 해 주려는 것도 그 복수를 피하기 위해서였다.

–어떡하죠? 그냥 내버려 둘까요?

–안 돼, 데스커드. 스승님이 맡기신 일이니까. 아리셀리스 님과 나는 폴로 공국에 가야 하니까 너희 둘이 여기 남아서 다사를 찾아보는 게 어때?

–저희 둘이요?

데스커드와 투란은 마주 보고 얼굴이 조금 붉어졌다.

–하지만 대장장이 왕을 지키는 것이 제 의무.

–당분간 다른 임무를 명한다, 데스커드. 아리셀리스 님과 함께 다니면 내게 위험한 일은 없을 테니까.

옛날 지혜자로 여겨지는 사람이

이렇게 적어 놓은 것이 전한다.

세간에 떠도는 말에 따르면

대장장이 왕의 힘과 마법사 왕의 힘은

서로 반대되는 성질을 가지고 있어

부딪히면 강렬한 반응을 일으킨 끝에 폭발한다.

그러나 우리 평범한 인간이 보기에

그들이 휘두르고 다니는 괴이한 힘은 다른 것이 아니라

모두 같은 종류로 분류해야 할 것이니

바로 세상에서 사라져야 할 힘이다.

그들을 세상에 풀어 놓은 것은 신이 인간에게 준

축복이 아니요, 벌이라고 생각해야 한다.

언젠가 세상의 멸망이 일어난다면

두 힘이 충돌하는 데서 올지도 모를 일이다.

# VII

## 나, 이름 없는 관찰자가
## 사실과 상상이 뒤섞인 기억을 고백한다

한 여인이 보인다. 그녀는 성인이지만 아직 젊어서 이제 겨우 앳된 티를 벗었을 뿐이다. 이마에는 보석을 단 띠가 드리워져 있다. 머리카락은 베일로 가렸지만 그 탐스러움을 숨길 수 없다.

나는 그녀를 어렸을 적부터 보았다. 밝고 활기찬 아이였던 것으로 기억한다. 인간의 밝음을 어둡게 하는 가장 손쉬운 방법은 그 위에 전통을 덧씌우는 것이다.

전통은 오랜 옛날 살았던 사람부터 지금 숨 쉬는 사람까지 수많은 사람이 만들어 내는 강제적인 힘이다. 개인은 그 안에서 헤엄쳐 나오는 것이 불가능하다. 그래서 전통은 활기찬 아이의 웃음을 비틀어 사제왕의 엄숙함으로 바꾸는 일을 어렵지 않게 해낸다.

그녀는 제단 앞에 서서 기도를 올리고 있다. 기도의 대상이 누구인지는 말할 필요도 없다.

– 대장장이 신이시여, 그리고 대장장이 왕이시여, 우리는 이제 중대한 길목까지 왔습니다. 부디 우리에게 힘을 주사 이 전쟁에서 승리하게 해 주시고 우리의 노예 같은 생활이 마침내 끝나게 해 주십시오. 우리가 저 자유로운 사람들과 같이 되게 해 주십시오. 우리를 만드신 대장장이 신과 대장장이 왕께 간절히 빕니다.

돌을 깎아서 만든 동굴 속 제단 주변은 선선하지만 그녀의 작고 둥그런 이마에는 땀이 맺힌다. 그녀의 엄숙한 목소리는 성별을 구별하기 어려울 정도로 낮아서 더 기괴하게 들린다. 동굴 벽은 그녀의 목소리를 반사해서 더 신비하게 포장해 준다. 나는 그저 기도를 보고 들을 뿐이다.

그러나 마음에는 바늘로 찌르는 것 같은 고통이 끊이지 않는다. 나는 얼마 전 본 광경을 떠올린다. 무의 부대가 전쟁의 제단을 침략하는 모습이다. 그들은 무고한 사람의 목과 가슴과 팔과 배와 다리에서 피가 솟구치게 했는데, 그 모든 일이 나로부터 비롯했으니 내가 저지른 죄와 같다.

사제왕은 제단 앞에 엎드린다. 그 자세를 오래 유지하면 창자가 꼬일 것을 알면서도 기꺼이 그러기로 한다. 나는 그 모습을 보고 있는 것만으로도 괴롭다. 신 앞에 엎드려야 하는 것은 내가 아닌가.

–우리를 만드신 대장장이 신과 대장장이 왕께 고합니다. 우리는 드디어 해방을 위한 전쟁에 나섰습니다.

아니다. 해방을 위한 전쟁이 아니다. 멸망을 위한 전쟁이다.

–우리 군대의 칼날이 적의 피를 땅에 흘리게 해 주십시오. 그러면 마침내 우리에게 평화가 찾아올 것입니다.

그렇지 않다. 루 도인은 세상에서 사라지게 될 것이다.

그녀의 목소리는 흐느낌과 속삭임으로 변해서 더 이상 알아듣기 어렵다. 그녀의 마음에 들어간다면 더 많은 것을 알아낼 수 있다. 그러나 지금 그런 짓을 하는 것은 남의 집에 몰래 들어가는 것처럼 꺼림칙하게 느껴진다.

–우리를 만드신 대장장이 신과 대장장이 왕께 고합니다.

사제는 다른 말은 속삭이듯 하면서 그 말만은 모두가 똑똑히 들을 수 있게 소리쳐 내 폐부를 찌르고 또 찌른다. 옆에 선 자들은 그녀를 일으키지도 돕지도 않고 다만 같이 눈물만 흘릴 뿐이다. 얼굴의 화장이 번진 모습이 어두운 조명 아래 더 참담하게 보인다.

–우리를 만드신 대장장이 신과 대장장이 왕께 간절히 요청합니다.

나에게는 육체가 없는데 가슴이 타는 것 같고 눈시울에서 뜨거운 기운이 솟는 것 같다. 순식간에 몸을 날려 그 자리를 떠날 수도 있지만 마치 만질 수 있는 다리가 달린 사람처럼 붙박여 있다.

나는 사제에게 다가가서 그녀에게 손을 내민다. 물론 그녀는 나를 볼 수 없다. 내 목소리를 들을 수도 없다. 그렇게 세상과 유리되어 관찰자가 되는 것은 신이 나에게 명하신 벌이다.

– 미안하구나, 내 딸아. 모든 것이 나로부터 시작되었는데 너희들이 대신 고통받고 대상 없는 원한을 쌓아 왔구나. 이 전쟁은 나의 잘못이다.

그렇게 말하고 나서 내 기억은 멀리 아득한 곳에서 근원해 실제인지 꿈속에서 몇 번이고 각색한 것인지 구별조차 할 수 없는 과거로 돌아간다.

나는 다시 20대 청년이 되어 있다. 몸에서 강건한 기운이 넘쳐 나오고 종일 쉬지 않고 달릴 수 있을 것만 같다. 나는 그 시절에 신을 만났고 그가 내게 물으셨다.

– 너는 어떤 힘을 원하느냐.

그때 나는 대장장이의 도제로 일하고 있었다. 나는 부와 명예를, 사랑을, 권력을 달라고 할 수도 있었다. 그러나 그런 것들은 모두 덧없이 스러지고 영원하지 않다는 것을 알았다. 그리고 신은 질문으로 사람을 시험하는 법인데 부귀영화를 구하는 것은 좋지 못한 결과를 불러온다고 했다.

-저는 대장장이, 왕도 아니고 장군도 아니고 대장장이일 뿐입니다. 그러니 제가 세상 모두를 놀라게 하는 대장장이가 되게 해 주십시오. 금속이건 나무건 돌이건 흙이건 가리지 않고 어떤 물건이라도 만들어 내는 자가 되게 하여 주십시오.

미리 생각해 둔 것이 아니었다. 누가 그런 질문을 받을 것을 꿈에서라도 상상하겠는가. 나의 대답은 진심에서 우러난 것이었고 신은 그것을 모르시는 분이 아니었다.

-그렇다면 너는 내 능력을 받아 무엇이든 만들어 낼 수 있는 대장장이가 될 것이다. 그리고 모든 물건을 만들어 내는 자들의 왕으로 불릴 것이다. 너는 이제부터 대장장이 왕이다.

지금에 와서는 정말 신의 목소리가 들렸던 것인지, 그렇지 않으면 내 상상 속에서 일어난 일이었는지, 아니면 마음에 느낌으로 전해진 일이었는지 구별할 방법이 없다. 나는 더 이상 인간이 아닌 존재가 되었건만 내가 생각하고 기억을 저장하는 것은 여전히 인간의 한계를 벗어날 수가 없다. 그래서 기억은 상상과 결합해서 제멋대로 과거를 비춰 주는데 전부 믿을 수는 없는 일이다.

그러나 현세까지 이어져 내려오는 물질적인 증거들은 바꿀 수 없는 것이라 실제 있었던 일이 무엇인지 어렴풋이 짐작하게 해 준다. 나의 유령 같은 몸은 내게 일어났던 일이 가짜 기억이 아니라는 것을 증명한다.

나는 대장장이 왕이 되고 나서 몇 년 동안 유랑 생활을 했다. 한곳에 가만히 있는 것을 견딜 수 없었던 것은 그렇게 하면 내가 대장장이 왕이 되었다는 것을 누구도 알지 못하는 까닭이었다. 나는 신 앞에서 대장장이답게 겸손한 태도를 취했지만 막상 신의 능력을 얻고 나서는, 대장장이 왕이라는 이름을 얻고 나서는 그 이름이 주는 공명심에 취해 정신을 차릴 수가 없었다. 지금 생각해 보면 한시도 생각이 뚜렷한 시기가 없었고 모든 것이 공기 속에 우유를 풀어 놓은 것처럼 뿌옇고 묵직하고 답답하게 느껴졌다.

내가 그런 삶을 선택하는 바람에 대장장이 왕의 이름이 자꾸 퍼져 나갔다. 그래서 결국은 사람들이 신을 그냥 신이 아니라 대장장이 왕의 신, 줄여서 대장장이 신으로 부르게 만들었다. 그렇게 주객이 전도되는 상황에서도 나는 반성하지 않고 떠돌아다니며 내 이름을 떨치려고 했다. 신의 목소리, 혹은 그 뜻이 내게 다시 전달되는 일은 없었다.

나는 겉으로만 밝게 보이는 암흑 속에서 살았다. 그러나 어두운 줄도 모르고 자신이 모든 것을 제대로 보고 있다고 오해했다. 모르는 대장장이를 만나 내가 그의 왕이라고 말하기를 즐겼다.

–그런 개소리가 어디 있어? 제깟 것이 뭔데 대장장이의 왕이라는 거야?

나는 나에게 복종하지 않는 자들에게 품은 분노를 숨기고 여유를 부렸다.

–네가 제일 잘 만드는 것이 무엇이냐?

–도끼는 나를 따라올 자가 없다.

–그렇다면 도끼를 만들어서 비교하면 되겠구나.

대장장이는 대장장이를 볼 때 얼굴보다 팔과 손을 본다는 말이 있다. 나무의 나이테처럼 쌓이는 세월의 흔적은 그가 달구고 두드리며 보낸 긴 세월을 증명한다. 나는 감히 나에게 맞선 대장장이의 팔을 보았는데 굵은 지렁이처럼 튀어나온 혈관과 뭉툭하지만 단단해 보이는 손가락, 그리고 불똥이 튀었던 흉터에서 한 장인의 역사를 확인할 수 있었다.

그도 나를 보았을 것이다. 밥을 먹을 때도 시중을 받는 귀족만큼 곱지는 않지만 아직 연약하고 단단히 굳기 전인 내 피부를 보았을 것이다. 그는 코웃음을 치며 승리를 확신했다.

대장장이는 불을 지피고 강제로 공기를 집어넣어 쇠가 녹을 정도로 온도를 높여야 비로소 일할 수 있다. 금속은 말을 잘 듣지 않기 때문에 달구고 두드리고 식히는 과정을 반복한 끝에야 물건이 완성된다.

그 와중에 검은 연기가 대장장이의 얼굴을 덮고 코와 입으로 들어간다. 대장장이 중에는 나이가 들면 몸이 멋대로 움직이는 경우가 있는데 어떤 사람들은 금속에 어려 있던 정령이 자신을 괴롭힌 사람을 저주하는 탓이라고 한다. 그러나 지각이 있는 대장장이들은 검은 연기가 몸을 갉아 먹는 원인인 것을 알고 있다.

신의 힘이 없었다면 나보다 몇십 배는 훌륭하다고 여겨질 대장장이는 묵묵히 자신의 작업을 진행해 나갔다. 나는 그저 멀리서 구경할 뿐이었다.

–아무것도 없이 구경만 하다가 내뺄 생각인가?

쉬는 시간에 바깥으로 나온 대장장이가 내게 물었다.

–대장장이 왕에게는 그런 것이 필요하지 않아.

그는 다시 코웃음 칠 뿐이었다. 나를 사기꾼 정도로 생각했을 것이다. 당연한 일이었다.

나는 그가 본격적으로 두드리고 담금질하는 시기까지 기다렸다가 미리 준비해 둔 농기구를 분해했다. 품질이 낮은 무른 철로 만든 것이라 단단한 땅을 견디지 못하고 휘어 있었다. 그러나 내 손에서 물처럼 부드러워진 철은 다시 형태를 잡고 인간이 만들기 어려운 수준으로 단단하게 변했다.

도끼머리와 날을 완성한 다음에는 손잡이로 쓸 적당한 나무를 찾아 나섰다. 그러고 보니 쓸데없는 이야기를 너무 길게 했다. 아무튼 완성된 도끼는 왕이 쓰기에도 손색이 없는 것이었고 대장장이는 내 앞에서 고개를 숙였다. 나는 그의 능력을 빼앗지 않고 인정해 주었는데 내가 신의 능력을 받지 않았더라면 평생 노력해도 그의 경지에 이르렀을지 의문이었다.

그러나 간혹 실력도 없으면서 왕의 권위에 도전하는 자들이 있었다. 나는 굳이 대결을 받아 주지도 않고 그냥 능력을 빼앗아 버렸다. 비록 대단하지는 않다고 해도 그들이 평생 단련한 결과물을 빼앗으면서 조금도 망설이지 않았다.

그렇다. 나는 교만한 사람이 되었고 신이 나를 선택한 이유였을지도 모르는 예전의 작은 덕목들은 더 이상 내 안에서 찾아볼 수 없었다. 나는 피와 살과 가죽을 가진 인형이나 다름없었다. 단지 그 속에 신의 힘을 품고 있는 인형이었다.

힘을 가진 자는 자연스럽게 부와 권력을 원하게 된다. 대장장이 왕에게 부는 큰 의미가 없었다. 돈을 버는 것은 어렵지 않았다. 그래서 자연스럽게 권력에 욕심이 쏠렸다.

당시 세상은 어지러웠는데 탐욕스러운 폭군에 대항해서 반란을 일으킨 젊은이 집단이 각지를 돌아다녔다. 나는 반란군을 선택했다. 그들의 지도자는 제국의 첫 황제가 되었다. 그 부하 중에는 스타인, 놋, 젤레즈니, 애커 같이 이름이 익숙한 사람들이 많았다.

그들의 승리에 내가 결정적인 역할을 했다는 사실은 부정할 수 없다. 대장장이 왕의 정치 참여를 놓고 한동안 논쟁이 벌어졌던 것은 우스운 일이다. 역사에서는 철저히 지워졌지만 이미 첫 대장장이 왕이 첫 황제를 만들었다. 지금도 황제들에게 보물로 이어져 내려오는 황제의 검 역시 내가 만들어 준 것이다.

전쟁이 끝나고 막 황제가 된 사람으로부터 공로를 인정받아 작은 땅을 받았다. 대신 그가 사방을 연결하는 길을 만드는 것을 도와주기로 약속했다. 나중에 황제의 길, 혹은 대로로 불리게 되는 바로 그 길이었다.

내 작은 영토에는 대장장이 신을 위한 신전을 지었다. 신께 허락을 구한 다음 한 일이 아니라 즉흥적인 결정이었다. 가장 먼저 기둥부터 세웠는데 나는 거기에 마음대로 창조의 기둥이라는 이름을 붙였다. 나야말로 인간 중에서 최고의 창조자라고 생각했다.

신전을 완성하고 나서 신을 섬길 사제들이 속속 신전으로 모였다. 몇 년에 걸쳐 가르젠, 탈와르, 테커, 오반도, 할스, 트라이버, 호문이 사제가 되었다. 그들은 각자 전문 분야가 있었고 자기의 기예를 갈고닦는 것을 통해 신에게 영광을 돌렸다.

사제들은 후계자들에게도 계속 같은 이름을 물려주기로 합의했다.

그들의 결정에 나는 충격을 받았다. 나도 나이가 많아지면 언젠가 남에게 자리를 물려주어야 할 것이다. 그러면 내가 가진 창조의 능력은 전부 사라지는 것이 아닌가. 그렇게 생각하면 밤에도 잠을 이룰 수 없었다.

대장장이 왕의 이름을 짓기 위한 책을 만들면서 그런 생각은 더욱 커졌다. 책에는 몇백 개의 이름을 실어 놓았는데 각각 그 이름을 사용해도 좋은 상황을 덧붙여 놓았다. 그러나 대장장이 왕이 그렇게 오래 이어질 것인지 확실하지 않았다.

그중 오카브는 물건을 만들고 나서 굳이 시연하는 자에게, 에이어리는 정체를 알 수 없는 희한한 기계 장치를 만든 자에게 붙이는 이름이었다. 오카브가 아홉 살에 만든 것은 화살을 발사하는 팔찌였는데 그는 평생 그 장치를 개조하고 또 개조했다. 개조하는 일에는 대장장이 신의 힘을 조금도 사용하지 않았다. 오카브는 그렇게 보기보다 고집이 세다.

에이어리가 만든 부품은 나도 정체를 파악할 수 없다. 그러나 대충 짐작이 가는 부분은 있다. 그 짐작이 좋은 쪽으로 들어맞기를 바랄 뿐이다.

아무튼 사제들은 나만큼은 아니더라도 각자 신의 은총으로 자기 분야에서 능력을 발휘할 수 있었다. 장엄한 신전은 겉보기에도 화려했고 끝없이 순례객을 불러들였다. 제국과 이웃나라 사람들은 대장장이 왕과 그가 모시는 신이 압제의 고통에서 해방을 가져왔다는 것을 알았다. 나는 스스로 신의 대리인 역할을 충실히 하고 있다고 생각했다.

그렇게 시간이 계속 흘렀다. 나는 가끔 떠돌고 가끔 신전으로 돌아왔다. 어느덧 나이가 중년에 접어들었고 흰 머리가 검은 머리보다 많아졌다.

-내 대장장이 왕으로서의 삶이 끝나 가는데 남기고 가는 것이 없군.

가르젠, 최초의 가르젠도 머리숱은 없었으나 지금의 가르젠보다는 훨씬 날렵했다. 가르젠이 나의 한탄을 매일 듣더니 어느 날 대답했다.

-어째서 그렇게 생각하십니까? 먼저 제국이 있지 않습니까? 그리고 여기 창조의 기둥을 높게 세워 지은 신전도 있습니다.

나는 고개를 저었다.

-제국 사람들은 곧 나를 잊을 거야. 자기들을 다스리는 황제만 기억하겠지. 그들은 실질적으로 도움이 된 사람보다 자기 목에 줄을 걸 수 있는 사람을 더 좋아하거든. 그리고 이 건

물은 고작 쌓아 놓은 돌덩어리일 뿐이지.

-그렇다면 뭘 만들어야 후회하지 않을 것 같습니까?

-사실 아직도 고민하는 중이야.

나는 신에게 대장장이가 되겠다고 말했지만 막상 대장장이 중의 대장장이가 되고 나니 그 역할만으로는 만족할 수 없었다. 나는 무엇이든 만들 수 있는데 어째서 물건을 만드는 것으로 만족해야 한다는 말인가. 내 마음에 그런 생각이 자라기 시작했다.

-신의 힘으로만 만들 수 있는 물건이라면 만족하시겠습니까?

가르젠은 농담처럼 그렇게 물었지만 나는 그때 가르젠을 보고 있었다. 그는 혼자서 생각하고 말하고 보고 듣는다. 얼마나 정교한 기계인가? 그때 나는 악마에게 영혼을 판 것이나 다름없는 선택을 하게 되었다.

생명체를, 그중에서도 궁극의 생명체인 인간을 내 손으로 만들게 된다면, 그들이 내가 죽고 난 다음에도 나를 찬양하고 섬기며 살아간다면 대장장이 왕으로서 편안하게 눈을 감을 수 있을 것 같았다. 그렇다면 다른 자들이 내 뒤를 잇는다고 해도 내가 영원히 대장장이 왕 중 왕이 되는 것이 아닌가.

그래서 나는 몇 년 동안 각지를 떠돌며 연구한 끝에 마침내 루 도인이라고 불리는 사람들을 만들어 냈다. 그 과정에서 있었던 실수는 지금 당장 밝히고 싶지 않다. 아무튼 남자 한 무리와 여자 한 무리를 만들어 당시에는 황량한 땅이라고 불리던 곳에 거처를 마련해 주었다. 그들은 내가 자기들을 만들었다는 것을 처음부터 알고 있었고 지금까지도 절대 잊지 않고 있다.

나는 이렇게 죽지 못하는 존재가 되었고 내가 저지른 일의 결말을 지켜보아야 한다. 에이어리는 선대 대장장이 왕의 잘못을 해결해야 하는 의무를 지게 되었다. 루 도인 사제는 매일 눈물로 얼굴을 적시며 대상 없는 복수를 맹세한다.

–우리를 만드신 대장장이 신과 대장장이 왕께 간절히 요청합니다.

해가 질 때까지 이 말은 내 머릿속과 신전 주위를 떠나지 않는다. 에이어리여, 나에게 내려진 저주를 풀어 다오.

-신은 우리에게 능력을 주셨으면서

왜 명령을 내리지 않고 침묵하시나요?

어린 제자가 물었다.

-이제 제법 그럴듯한 질문을 하는구나.

내 생각을 말하자면 신은 우리가

그 힘을 어떻게 쓰는지 시험하시는 거란다.

-시험요?

-그래, 대장장이 왕은 시험을 받는 자리야.

받은 힘을 자기 것이라고 여기면 그 순간부터

실수가 나오는 거다. 내가 그랬던 것처럼.

내가 저지른 실수가 뭔가 하면.

오카브의 입에서 쓴맛이 났다.

VIII

# 다이아몬드 카분이 마침내 에메랄드 라토를 죽이기로 결심한다

–아들아.

–네, 어머니.

다이아몬드 울릭은 어머니가 정답게 느껴지기보다는 여전히 두려운 마음이 앞섰다. 어린 시절에도 그녀의 품에 안겼던 포근한 기억이 별로 없었다. 그런 순간을 억지로 떠올리면 유리 조각의 섬뜩함이나 칼날의 차가움이 먼저 연상되었다. 어쩌면 그녀의 머리카락을 고정하느라 높게 솟은 머리 장식의 뾰족함이 그런 생각을 유발하는 원인일지도 모른다.

–너는 요새도 왕국 주변을 매일 순찰하고 있겠지?

–그렇습니다. 제가 마법사 왕국의 군대를 총괄하는 지위에 있으니까요. 하지만 부하들에게 맡길 때도 있어서 매일은 아닙니다. 사흘에서 나흘에 한 번은 직접 확인하려고 하지만요.

–그렇다면 저기 아고나스가 빼곡한 안개밭도 순찰 지역이겠지?

– 예, 그곳이야말로 우리 왕국에 들어오는 유일한 통로이니까요. 산을 넘어서 들어오는 것은 온갖 함정에 걸려서 거의 불가능할 겁니다. 하지만 산 주변에도 감시망이 있어서 혹시라도 침입하려는 자가 있다면 잡아낼 수 있습니다.

– 그래, 그러니까 그 안개밭을 순찰한다는 말이구나?

– 그렇습니다. 쿠오피오는 당연히 주요 순찰 구역입니다.

– 잘 되었다. 며칠 뒤에 내가 거기에서 누구를 만날 일이 있으니 네가 나를 몰래 데리고 나가 주어야겠다.

– 어머니를요? 왜 몰래 만나십니까?

– 이유는 나중에 설명해 주마. 내가 공식적으로 이 나라를 빠져나간다면 라토, 왕의 관심을 끌 거다. 그에게 들키지 않고 나갔다가 돌아와야 한다.

– 하지만.

– 불가능하다는 말이냐?

어머니의 눈초리에서 무능에 대한 질책이 느껴지는 것 같아서 울릭은 움찔했다.

– 쿠오피오 앞 관문에서 언제나 인원을 조사하는 것이 기본입니다. 아무리 저라고 해도 부하에게 눈 감아 주기를 청할 수 없습니다. 그랬다가는 왕에게 보고가 들어갈 겁니다.

– 똑같은 숫자가 들어갔다 나오는데 왜 문제가 되지? 나를

네 병사 중 하나라고 속이면 그만이잖아?

–병사들도 눈이 있습니다. 두건을 쓰는 것도 아니고 얼굴을 훤히 드러내는데 어머니의 얼굴을 보면 어떻게 말이 없겠습니까? 오히려 왕의 의심을 사기 좋은 일입니다.

–그렇다면 네가 방법을 생각하도록 해라. 아들이 나라 전체의 경비를 책임지고 있는데 고작 그 정도 덕도 보지 못하면 무슨 낙이 있겠느냐? 나는 반드시 나가야 한다.

–어떤 일인지는.

아들은 침을 삼켰다.

–어떤 일인지는 제게 말씀해 주지 않으십니까? 만약 왕이 알게 되면 저는 쫓겨날 수도 있습니다.

–우리 다이아몬드를 위한 일이다. 에메랄드가 계속 왕이 되도록 두고 볼 수는 없지 않니?

어머니가 우리 다이아몬드라는 말을 할 때야말로 아들이 어머니를 가장 낯설게 느끼는 순간이었다. 그녀는 루비로 태어나 평생 루비처럼 살면서 성만 다이아몬드로 바꿨다. 울릭이 아는 여느 다이아몬드들은 그의 어머니처럼 비밀이 많은 법이 없었다.

울릭은 그럭저럭 어머니의 말을 잘 따르는 건실한 청년이라는 평을 듣고 있었다. 좋게 말하면 그렇고 어머니의 명령대로만 행동할 뿐 그 자신의 두뇌는 그다지 빼어나지 못하다는 말도 들었다. 그는 부정하지 않았다. 어머니가 책략가였고 그는 그저 묵묵히 일하는 사람이 더 어울렸다.

그런데 이번에는 어머니를 나라 밖으로 빼돌릴 방법을 스스로 생각해 내야 했다. 울릭은 어머니를 만족시킬 방법을 몇 가지 생각해 보았다. 가장 먼저 떠오르는 생각은 마법사라는 신분에 걸맞게 모습을 바꾸는 마법이었다. 그러나 다른 사람의 의심을 사지 않을 정도로 완벽하게 모습을 바꾸는 것은 보통 마법사의 능력을 넘어서는 일이라 에메랄드 형제, 라토와 아리셀리스가 아니고서는 성공하기 어려웠다.

다음으로는 어머니를 관 속에 넣어 빼돌리는 방법을 떠올렸다. 어머니가 좁은 공간에 숨어서 불편을 감수할 것을 생각하면 울릭은 아주 약간 즐거운 기분이 들었다. 하지만 아쉽게도 이 방법은 탈출할 때나 쓸 수 있었다. 다시 왕국 안으로 들어와야 하는 어머니에게는 적당하지 않았다.

울릭은 자신이 옛날이야기에 자주 등장하는 책략가가 아니라는 사실을 새삼 깨달았다. 어머니도 적당한 방법을 찾지 못하는데 스스로 좋은 방법을 찾아내기란 어려웠다. 그는 사람들의 평판대로 어머니의 지혜와 명령에 삶의 많은 부분을 의존하고 있었다는 것을 새삼 느꼈다.

그래도 울릭은 끝내 통할 만한 방법을 찾아내었다. 다른 때와 다르게 병사 없이 아끼는 참모들을 이끌고 가기로 했다. 그들이라면 그를 위해 입을 다물어 줄 것이다. 그들은 전부 다이아몬드가 아니었지만 최소한 에메랄드와 루비 출신은 없었다. 그렇다면 비밀을 지킬 수 있었다.

다이아몬드 카분은 아들의 계획에 만족을 드러냈다. 사람들이 그녀의 상징처럼 여기는 머리 고정대를 풀고 머리카락을 내려야 했으나 상관하지 않았다. 울릭은 그런 어머니의 모습을 보고서야 이번 일이 보통 중요한 것이 아님을 확신했다.

다행히 그날은 쿠오피오의 안개가 침입하는 날이었다. 간혹 안개가 빽빽해지면 소용돌이처럼 아고나스밭을 서서히 돌다가 왕국 입구 쪽으로 거슬러 올라오는 일이 있었는데 마법사들은 그것을 침입이라고 불렀다. 침입이 일어나면 왕국 입구와 가까운 몇몇 마을까지 뿌옇게 되어 낮에도 얼굴을 간신히 알아볼 지경이었다.

-전부 여섯이다.

다이아몬드 울릭은 자신이 아끼는 부하 넷과 어머니를 뒤에 두고 입구를 지키는 병사에게 일러두었다. 병사는 보는 둥 마는 둥 숫자를 기록판에 적었다. 원래대로라면 호통을 칠 일이었으나 이날은 병사의 태만도 행운이라고 볼 수 있었다.

마법사 왕국을 노리는 적이라면 안개의 침입과 함께 오는 것이 올바른 전략이었다. 밝은 대낮에 마법사들과 싸우는 것은 큰 피해를 각오하는 일이었으나 안개 속에서는 마법사들에게도 마땅한 방어 수단이 없었다. 울릭은 마법사 왕국의 약점을 이용하는 것이 적이 아니라 어머니라는 사실을 떠올리자 헛웃음이 나왔다. 어머니가 이 나라의 적인가?

–어째서 웃으십니까?

참모 중 하나가 속삭이듯 물었다. 그는 사파이어 출신이었다. 사파이어들은 한쪽 편을 드는 것을 병적으로 싫어했는데 그들의 수장인 가스파르의 영향을 받은 탓이었다. 그전에도 사파이어 가문 사람들은 신중하게 편을 골랐지만 이제는 아예 다이아몬드와 에메랄드 사이에서 심판관 역할을 하려고 들었다.

–우리가 적의 침략을 받는다면 이런 날일 거야. 쿠오피오의 안개는 한 달에 두세 번이나 거슬러 올라오지. 적이 안개와 함께 온다면 우리가 어떻게 막을 수 있겠나?

–누가 우리에게 칼을 들이대겠습니까?

–곧 전쟁이 난다는데 우리만 안전하다고 말할 수는 없어.

울릭이 이끄는 군대는 겨우 몇백 명 수준이었다. 마법사들은 군대가 아니더라도 어느 정도 자기방어가 가능하다지만 그럼에도 잘 훈련된 군대를 대상으로 싸우는 것은 큰 피해를 감수해야 하는 일이었다. 모든 마법사가 라토나 아리셀리스처럼 하늘을 흔들고 땅을 뒤집는 것은 아니었다.

안개 속에서 정찰은 지극히 조심스러웠고 모두가 손에 든 지팡이에서 나오는 불빛을 기준으로 서로의 위치를 겨우 확인했다. 그나마 2, 3키나 정도 되는 짧은 거리에서나 눈에 들어오지 5키나가 넘는 거리에서는 짙은 안개에 싸여 불빛조차 아예 보이지 않았다.

-다이아몬드 님이 사라지셨습니다.

뒤에서 당황과 두려움이 섞인 외침이 들렸다.

울릭은 지팡이를 흔들어 하늘을 향해 원을 그렸다. 참모들이 울릭의 곁으로 모여들었다. 울릭의 어머니 다이아몬드 카분을 빼고는 모두가 그의 곁에 있었다.

-이 안개 속에서 어머니를 찾으려고 나섰다가는 우리도 뿔뿔이 흩어질 거다. 차라리 여기서 어머니가 돌아오기를 기다리는 편이 낫다.

처음부터 그렇게 계획된 일이었다. 울릭의 말은 일견 그럴듯한 면이 있어서 부하들도 딱히 의문을 제기하지 않았다. 울릭은 과연 어머니가 안개를 뚫고 제대로 된 만남을 가질 수 있을지 궁금해졌다.

어머니가 마법사 왕국을 몰래 나오려고 했던 건 만났다는 사실을 들켜서는 안 되는 누군가를 만나기 위해서였다. 어머니라면 밀회를 위해서 그런 위험을 무릅쓰지는 않을 것이다. 그렇다면 정치적인 문제였고 만나면 안 되는 사람은 제국 사람이 분명한데 울릭은 그 이상 머리 아프게 파고들 생각이 없었다.

한편 다이아몬드 카분은 어렵지 않게 안개를 뚫고 나아갈 수 있었다. 그녀에게는 나무로 깎은 작은 새 한 마리가 붙어 있었는데 마법사 왕국의 경계를 벗어나자마자 품속에서 격렬하게 날갯짓하는 녀석이었다. 일부러 일행의 뒤로 처진 다음 새를 풀어 놓자 새는 천천히 안개를 뚫고 나아갔다. 카분은 그 뒤를 쫓기만 하면 되었다.

－엘 벨리드.

몸이 비대해서 혼자 일어서지도 못할 것 같은 사람을 보자마자 카분이 감격에 차서 외쳤다. 그녀의 목소리는 조금 큰 감이 있었지만 쿠오피오의 안개는 빛과 소리를 모두 먹어 치우는 괴물이었다.

－카분, 카분, 카분. 루비, 아니지, 이제 다이아몬드라고 불러야 하지. 오랜만이구나.

－대체 이 새는 뭔가요? 제국의 마법사들이 이제는 정말 마

법을 쓸 수 있나요?

–제국의 마법사들은 연구하고 또 연구한다. 자기 힘으로 마법을 쓸 수야 없지만 물건에 간단한 조작을 하는 것 정도야 가능해졌지. 그래도 그 수준은 너희 나라의 어린 마법사에도 미치지 못해.

엘 벨리드는 여전히 체구가 커다랗고 털이 덥수룩했다. 그는 카분을 보고도 자기의 몸을 누인 커다란 의자에서 일어나지 않았는데 카분이 짐작한 것처럼 이제 두 다리로는 설 수 없는 까닭이었다.

대략 10년쯤 전, 당시 황제였던 오셀롯과 까마귀들의 수장 작과 함께 새 대장장이 왕을 남몰래 암살할 계획을 세울 때만 해도 그는 혼자서 거동할 수 있었다. 그러나 이후로 오셀롯이 황제 자리에서 쫓겨나고 그도 새 황제에게 신뢰를 얻지 못한 채 물러났다. 그때 받은 충격을 음식으로 풀다 보니 몸은 더 비대해졌다.

–카분, 너는 지금도 아름답구나.

엘 벨리드의 수작은 이제 수작처럼 여겨지지도 않았다.

–엘, 우리에게는 시간이 없어요. 어서 용건을 말하세요.

카분은 그를 옛날처럼 엘이라고 부른 것을 후회했다. 그러나 엘 벨리드는 그 말에 큰 의미를 두지 않는 것 같았다.

–알았다, 알았어. 나는 이제 제국 사람이 아니다. 옛 황제께서 에젠 공이 되신 다음부터 거처를 에젠성으로 옮겼지. 옛 황제의 덕을 흠모하던 많은 신하가 제국 수도를 탈출해서 그렇게 에젠 땅에 자리를 잡았단다. 이제 에젠성은 수도에 필적하는 큰 도시가 되었어.

–그러면 전쟁이 일어나는 건가요?

–일어나지, 일어나고 말고. 그건 이미 확정된 사실이야. 지금은 겨우 몇몇 지방의 소요 정도지만 겨우내 준비해서 제국 서쪽의 눈이 녹으면 그때는 전면전이 벌어질 거야. 우리는 지금 루 도인과 놋의 지지를 확보하고 있지만 이 동쪽 땅에서 마법사들만 우리 편이 아니지.

–왕은 그쪽 편을 들지 않을 거예요.

–우리도 알고 있다. 그래서 아예 사절을 보내지 않은 거야.

–저는 왕을 설득할 수 없어요.

–안다, 알아, 카분. 넌 고작 다이아몬드 가문의 수장이 되는 것으로는 항상 목마르지 않니? 네 욕망의 그릇은 그렇게 채울 수 있는 것이 아니야.

카분은 어린아이처럼 취급받는 것이 불쾌하다는 듯이 얼굴을 찌푸리고 그가 더 멋대로 떠들도록 내버려 두었다.

–에젠 공의 계획에 따르면 마법사들은 우리 편이 되지 않

더라도 최소한 중립을 지켜야 해. 우리 머리 꼭대기에 있는 땅에서 적이 튀어나오면, 그것도 무시무시한 마법사들이 나타나서 불덩이를 던지고 하늘에서 벼락이 치게 하면 전쟁에서 승리할 수 없어.

엘 벨리드는 살이 쪄 좁아진 성대로 어찌어찌 계속 목소리를 짜내고 있었는데 그것이 카분의 마음을 흐트러뜨리기에 더 좋은 무기가 되었다. 그는 마치 예언자 같았다.

–그러면 나에게 뭘 원하는 건가요?

–왕을 죽여야 한다.

엘 벨리드는 토끼 한 마리를 잡는 일처럼 담담하게 말했다.

–그건 불가능해요. 그가 쇠약했던 시절에도 감히 그런 시도를 할 수 있는 가문이 없었어요. 이제 다시 강해진 왕을 무슨 수로 죽이죠?

–패배주의에 젖었구나, 카분. 어떻게 할지 생각해 내는 것은 내 몫이 아니야. 나는 사절로 왔을 뿐이다. 여기까지 오는 길이 멀지는 않다지만 나에게는 쉬운 여정이 아니었어.

–그건 알고 있어요.

그의 비대한 몸을 보면 누구나 알 수 있는 일이었다.

–그런데 너를 다시 만나기 위해, 너를 설득하기 위해 내가 선택된 거다. 카분, 왕이 죽고 너희가 우리를 돕고 전쟁에서

승리하면 네가 왕이 되는 거야. 다시는 그 유치한 대회 같은 것 없이 영원히 다이아몬드가 왕이 되는 거라고. 너는 그런 걸 좋아하던 아이였는데 설마 이제는 죽을 날만 기다리는 사람이 된 거냐?

–아니에요.

카분은 다시 어린아이가 된 기분이 들었고 할 수만 있다면 늙은 마법사의 보이지도 않는 둔중한 목을 조르고 싶었다. 그렇게 해도 마음의 분노가 절반도 풀리지 않을 것 같았다.

–겨울에는 모든 것이 소강상태일 거야. 인간은 신과 자연과는 맞서 싸울 수 없으니까 말이지. 봄에 싸움이 벌어졌을 때 에젠 공께서는 마법사 왕국이 손을 빌려주기를 원하신다. 만약 그렇게 하지 않는다면 에젠 공 아래에서 통일된 제국의 다음 목표가 어디가 될지 잘 생각해 봐라.

작별은 다이아몬드 카분 혼자 움직이는 것으로 이루어졌다. 그때 처음으로 엘 벨리드는 마음의 동요를 드러냈다. 그는 혼자 움직일 수 없었고 그가 앉은 의자에는 앞뒤 좌우로 긴 막대가 달려 사람들이 들고 이동할 수 있게 되어 있었다. 그는 그렇게 움직이는 모습까지는 보이고 싶지 않은 것처럼 망설였다.

–카분, 어쩌면 또 만나게 될 거다.

–물론이죠.

카분은 엘 벨리드가 돌아가는 길에 쿠오피오의 차가운 안개를 많이 쐰 탓으로 지독한 감기에 걸리고, 후유증에 시달리다가 한 달이 지나기도 전에 피를 토하며 사망할 것을 몰랐다. 그는 제국 수도를 다시 밟지 못하고 그대로 에젠성 안의 묘지에, 그것도 두 사람 자리를 차지하며 묻힐 예정이었다.

안다고 해도 달라질 것은 없었다. 그녀는 과거의 인연 덕분에 비로소 자기의 목적을 다시 생각해 볼 기회를 얻었다. 엘 벨리드의 말이 옳았다.

겨울에 라토를 축출하지 못하면 그녀에게는 아무것도 남지 않게 되어 있었다. 아들 울릭은 라토와 아리셀리스 형제를 상대하기에는 너무 약하고 우직했다. 그녀는 에메랄드에 단검을 꽂아 넣어 그 빛을 바래게 만들어야 했다.

–이제 움직여야 하지 않을까요?

–조금만 더 기다려 봐.

울릭이 그렇게 짜증 섞인 대답을 내뱉는데 안개를 헤치고 카분이 나타났다. 그녀의 얼굴이 젖은 것이 땀 때문인지 안개를 뚫어서인지 알 수 없었다. 그녀의 등장이 유령과 비슷해서 기다리던 군인들도 잠깐 심장이 철렁했지만 딱딱하게 굳은 얼굴까지는 감정이 닿지 않았다.

– 어머니.

모자는 눈짓을 교환했다.

– 생각에 잠겨 길을 잃었구나. 이만하면 방비 태세를 충분히 알 수 있었다. 정찰을 계속해야 하는 건가?

– 아닙니다.

울릭은 생각을 떨치려는 사람처럼 강하게 고개를 저었다.

– 이런 날씨에는, 이 안개 속에서는 누구도 쉽게 움직일 엄두를 내지 못할 겁니다. 손에 꼽을 정도로 격한 침입이네요. 오늘은 여기까지만 해도 충분합니다.

– 네가 그렇게 말한다면야.

다이아몬드 카분과 그녀의 아들 다이아몬드 울릭과 그 부하들은 조용히 마법사 왕국의 영토로 돌아갔다. 그날부터 카분의 머릿속은 한 가지 생각으로 가득 차게 되었다. 마법사 왕국을 다스리는 왕 에메랄드 라토의 생명을 빼앗고 그녀의 머리 장식을 왕관으로 대신할 방법이었다.

마법사 왕국의 인사법은

이제 다른 나라에도 많이 알려졌는데

상대에게 다가가서 집게손가락을 잡는 것이다.

이는 당신이 그 손가락으로 나를 죽일 수도 있겠지만

자비를 구한다는 뜻이다.

그 유래는 아무래도 마법사 왕국의 역사에서 가장 큰

반란을 일으키며 여왕을 자처했던 오닉스 소파니아가

왕 앞에서 무릎을 꿇고 그의 손가락을 쓰다듬으며

용서를 빌었던 일에서 찾아야 할 것 같다.

그녀는 한때 왕의 비공식적인 연인이기도 했다.

-왕이시여, 정녕 이 손가락으로 저를 죽이시겠습니까?

진정 그것을 원하십니까?

오닉스 가문은 이전에도 이후에도

왕을 배출할 수 없었다.

## IX

고생 끝에 찾아온 플리니가 마르쿠스에게
자신의 실수를 인정하고 사과한다

-그쪽으로 불도마뱀이 굴러갑니다.

외친 병사도 자기의 말이 제대로 전달되었을지 확신하지 못했다. 그만큼 전장은 소란스러웠고 또 그의 말이 끝나기 직전에 달려든 괴물이 갑옷을 물어뜯는 바람에 마지막 발음이 분명했는지도 확실하지 않았다.

다행히 괴물의 작고 촘촘한 이빨은 쇠를 뚫을 정도는 아니었다. 병사는 몸을 추슬러 칼을 반원 모양으로 크게 휘둘렀는데 거리를 유지하기 위한 공격이었지만 운 좋게 괴물의 아가리를 벨 수 있었다. 괴물은 고통을 참지 못하고 펄쩍 뛰며 물러섰다. 이빨을 병사의 몸에 박아 넣고 싶은 욕망은 다 사라지지 않았는지 여전히 으르릉거렸다.

그사이 불도마뱀은 병사들을 통솔하는 이의 곁으로 떼굴떼굴 굴러가 걸쭉한 침 같은 것을 뱉었는데 공기에 닿자마자 불이 확 타올랐다. 다행히 목표가 된 사람의 왼손에는 방패가 있어서 어렵지 않게 그 공격을 막아낼 수 있었다. 침은 방패에 들러붙어 계속 타면서 고약한 냄새와 연기를 퍼뜨렸다.

방패의 주인은 섣불리 칼을 휘두르지 않고 기회를 노렸다. 불도마뱀을 잘못 때리면 단단한 피부에 칼이 부러질 수도 있었다. 게다가 그의 칼은 다른 사람보다 가늘고 끝이 뾰족한 형태로 오직 찌르는 공격을 위해 만들어진 것이었다. 불도마뱀의 외피를 잘못 찌르면 산산이 부서지고도 남았다.

불도마뱀이 지니고 태어난 단단한 갑옷이 보호하지 못하는 부분은 얼굴과 발바닥 정도였다. 배는 상대적으로 등보다 연약하다지만 바닥에 붙어서 다니기 때문에 공격하기 쉽지 않았다.

방패를 든 이는 오른발을 뒤로 물렸는데 찌르는 힘을 높이기 위해서였다. 불도마뱀은 다시 한번 침을 뱉을 준비를 하느라 목을 뒤로 젖혔다. 준비를 마친 칼이 아직 입을 벌리기 전인 불도마뱀의 목을 꿰뚫었다. 컥 소리가 나면서 튀긴 침도 공기를 만나자마자 불타올랐다.

그 모습에 잠깐 정신을 빼앗긴 사이 카니악 한 마리가 방패가 막지 못하는 빈틈을 노리고 달려들었다. 그 공격은 얼굴에 큰 상처가 있는 사람이 대신 막았다. 그는 갑옷을 입은 몸통으로 돌진해 카니악을 바닥에 쓰러뜨린 다음 망설이지 않고 창을 꽂았다.

–고맙다, 베르크만.

병사들이 용맹하게 싸운 덕분에 전장을 날뛰는 괴물은 더 이상 없었다. 괴물이 한마음을 가진 것처럼 편을 지어 인간 마을을 습격하는 일이 보름이 멀게 일어나는 탓에 작은 승리는 이제 기쁨으로 다가오지 않았다. 부상을 당하는 병사들의 수도 점점 늘고 있었다.

–괴물 놈들이 뇌가 망가지는 새로운 전염병이라도 걸린 걸까요?

–나도 모르지, 베르크만. 우리는 그저 괴물을 막을 뿐이야. 그게 플리니 대공의 군대가 해야 할 일이니까.

방패에서는 아직도 불도마뱀의 침이 타면서 나는 악취와 연기가 남아 있었다. 슈타이어가 방패를 멀리 던져 놓고 일단 바닥에 주저앉았다. 병사들도 대부분 비슷한 자세였는데 싸움이 끝나면 잠깐 그렇게 멈춰서 쉰 다음에야 다시 움직일 기운이 생기는 법이었다.

–그래도 이것들이랑 같이 카니세리움이 오지 않는 것만 해도 다행입니다. 여기 카니세리움 한 마리가 끼어 있다고 상상해 보세요.

–우리는 최소한 부대의 반절을 잃겠지.

–최소한 카니세리움의 발톱에 생을 마감하고 싶지는 않습니다.

–한때 까마귀 발톱이었던 사람은 모든 종류의 발톱을 미워하는 법이니까.

슈타이어는 농담 같은 말을 신지하게 하고 나서 덧붙였다.

–그리고 아버지가 될 사람은 전투에서 괴물에게 목숨을 잃어서는 안 되지.

베르크만이 얼굴에 난 흉터에 어울리지 않게 수줍은 미소를 지었다. 슈타이어는 그를 보면서 자기 가족을 생각했다. 그들은 연금 덕분에 제법 넉넉한 삶을 유지하고 있었다. 아내는 아직 재혼도 하지 않았다는 풍문을 들었다.

–가족을 여기로 빼돌리는 건 어떨까요?

몇 년 전에 베르크만과 모제스가 그런 제안을 한 적이 있었다. 밤에 좀처럼 잠들지 못하는 슈타이어를 보고 조심스럽게 나온 이야기였다.

–그가 알게 될 거야. 그러면 가족의 행복은 끝이 나지. 그는 세상 끝까지 까마귀를 보내 우리 가족을 해치고 내가 울부짖는 것을 보기 전에는 만족하지 못할 테니까. 내가 죽은 것으로 되어 있는 편이 나아.

슈타이어는 작이 이미 모든 것을 알고 있다는 사실을 몰랐지만 어쨌든 그렇게 자신이 희생하는 쪽을 선택했다. 그의 가족이 미끼 역할을 하는 것은 사실이었다.

–이제 돌아가시죠.

마무리는 부하들의 몫으로 남겨 두고 작은 전장을 떠나는데 허겁지겁 달려오는 자가 있었다.

–또 괴물들이 습격한 지역이 있나?

–아닙니다.

이어지는 말은 숨을 고르고 난 다음에야 나왔다.

–산, 산에서 사람들이 나왔습니다.

–산 사람들이? 무슨 일로?

북서쪽 땅을 천하게 보는 스타인 사람이라면 몰라도 플리니 공국 사람들은 그 험한 산지에서 마을을 이루고 사는 사람들을 동류로 생각했다. 오히려 산지 사람들이 옛 스타인 땅과 조금도 얽히고 싶어 하지 않았다. 플리니 공국도 그들에게는 스타인 왕국이나 마찬가지로 적대적인 존재였다.

–산 사람들이 아니라, 아무튼 그중 하나가 자기를 스타인 공국의 마르쿠스라고 했답니다.

–마르쿠스? 그 마르쿠스 말인가?

–저희는 마르쿠스 님을 본 적이 없습니다. 그래서 얼른 슈타이어 대장님을 모셔 오라는 분부를 받아서.

–그래, 그렇다면 얼른 가야지.

슈타이어는 본인이 마르쿠스라고 소개할 사람은 마르쿠스 외에 없다고 생각했다. 게다가 그가 나온 방향이 공교로웠다. 오레스테스와 폴로 공국에 가로막혀 양측의 왕래가 불가능한 상태에서 이용할 수 있는 길은 스타인 사람들이 꺼리는 험한 산지뿐이었다. 마르쿠스라면 그 임무를 부하에게 넘기지 않고 직접 맡고도 남았다.

절차는 재빠르게 진행되었다. 슈타이어와 베르크만이 임시로 마련된 접객소에 달려가 해어진 옷을 걸치고 미소를 짓는 마르쿠스를 확인한 다음 그와 포옹하고 신분을 확인해 주었다. 동시에 플리니 대공에게 그 소식을 전달하기 위한 심부름꾼이 출발했다.

–옷을 갈아입는다면 오늘 밤이라도 플리니 대공을 뵈었으면 합니다.

의자에 기대어 삶의 가장 큰 임무를 끝낸 것 같은 표정을 짓던 마르쿠스는 자기의 두 부하도 챙겨 달라고 부탁했다. 처음 출발할 때는 인원이 더 많았으나 여러 사정으로 죽은 사람들이 있다고도 했다.

–산은 사람을 잡아먹으니까요. 산 사람들은 그렇게 말한답니다. 사람의 목숨을 대가로 지불해야 지나가게 해 준다고요.

-그렇군요.

마르쿠스에게 그들은 지금까지 목숨을 잃은 많은 부하 중 일부에 지나지 않았다. 그는 제국과 전쟁을 치른 적도 있었다. 그래도 그가 눈가를 적시지 않을 수 없었던 것은 굳이 죽지 않아도 될 젊은 생명이 다시 스러진 것을 누군가는 안타까워해야 한다는 옛 각오를 잊지 않아서였다.

-그곳의 유력자가 아니었다면 우리 모두의 목숨이 값으로 지불되었을 겁니다.

-유력자라면 누구를 말씀하시는 겁니까?

마르쿠스는 슈타이어를 가까이 불러 그에게만 속삭이듯 말해 주었고 슈타이어는 까마귀 발톱 출신답지 않게 동요를 보였다.

-검은 용?

-그렇습니다.

-믿을 수가 없군요. 옛날이야기에서나 나온다고 생각했는데요. 플리니 대공이 들으면 기뻐하실 겁니다.

-그분이라면 직접 만나려고 산에 들어가실지도 모르겠군요. 호위하시기가 만만하지 않을 겁니다.

마르쿠스의 말은 농담에 가까웠지만 이어지는 슈타이어의 대답은 진지했다. 까마귀 출신들은 아무튼 재미있는 대화 상대는 되기 어려웠다.

–대공이 저에게 말씀하신 적이 있습니다. 이제 그분은 정치적인 파도와 상관없이 여생을 여기에서 보내겠다고 하셨습니다. 이 땅이야말로 그분이 가장 원하던 땅이고 사랑하는 땅이라고요.

레푸스 대공의 뜻을 전하기 위해 온 마르쿠스는 이 땅을 진정 사랑하는 사람을 달이 뜨기 전에 만나고 싶었지만 어쩌다 보니 만남은 아침으로 미뤄졌다. 그는 가까운 숙소에서 오랜만에 포근한 잠을 자고 기운이 다시 왕성해진 다음 플리니 대공이 머무는 성으로 갔다.

플리니 공국을 대표하는 뾰족한 성은 여전히 검은 이끼인지 그을음인지 알 수 없는 것들로 덮여 보는 사람에게 위압감을 주었는데 마치 생명이 있는 것들이 하나둘 스러져도 성은 그대로 변하지 않는다는 것을 말하고 싶어 하는 듯했다. 플리니 대공의 성품과는 어울리지 않는 것 같지만 그는 성을 개조하는 데 드는 고생을 불필요한 것으로 여겼다.

이번에도 만남은 대공의 연구실에서 이루어졌다. 정체를 알 수 없는 괴물 그림이 가득하고 코가 민감한 사람이라면 비릿한 괴물 냄새도 맡을 수 있는 장소였다.

–대공.

-마르쿠스 님.

그들은 반가움을 표현하느라 꽤 많은 시간을 할애했다. 그 다음 플리니 대공은 마르쿠스에게 사과할 일이 두 가지 있다고 했다.

-하나도 아니고 둘이나 됩니까?

-오랜만에 뵙게 되니 사과할 일이 많은 것도 당연하지 않습니까? 어떤 것을 먼저 들으시겠습니까? 충격적인 것과 예상할 만한 것이 있습니다. 사적인 것과 공적인 것이라고 부를 수도 있지요.

그렇게 말하는 플리니 대공의 모습은 옛날 마르쿠스가 그를 모시기 위해 찾아갔을 때와 크게 달라진 것이 없었다. 물론 그 시절의 플리니는 더 절망적인 상황이었고 고독이 서리처럼 머리와 어깨를 덮고 있었다. 그러나 그때도 눈은 유리로 만든 것처럼 빛났는데 마르쿠스가 그를 모시면서 안심했던 것은 그 눈이 믿음직스러워서였다. 반대로 좋은 처지에 놓여도 죽어가는 개의 눈을 가진 사람과는 어떤 일도 함께하고 싶지 않았다.

-사적인 것을 먼저 듣겠습니다.

-전에 제가 그런 말씀을 드린 적이 있을 겁니다. 어쩌면 카니악의 성체 중 일부가 카니세리움이 되는 것 같다고요.

–아, 기억이 납니다.

–그 이론은 잘못된 건지도 모르겠습니다. 둘은 어쩌면 같은 종이라고 볼 수 있을 정도로 유사성이 많지만 카니악에서 카니세리움으로 변이가 일어난다는 결정적인 증거는 찾을 수가 없었습니다. 그렇다고 카니세리움의 새끼가 발견된 적도 없지요. 동물이든 괴물이든 어릴 때 죽는 것은 흔한 일인데 말입니다.

–마치 카니세리움이 땅에서 솟아나는 것처럼 말씀하시는군요.

–어쩌면 그럴지도 모르겠습니다, 마르쿠스 님. 그것도 아니라면 대장장이 왕이 카니세리움 알을 잔뜩 만들어서 땅에 묻기라도 한 걸까요? 그런 존재를 만들려면 아마도 대장장이 왕이 필요할 겁니다.

거기서 이야기가 중단된 것은 괴물손이라고 불리는 식물의 잎을 따서 만든 차가 나와서였다. 그 맛을 가만히 회상해 보던 마르쿠스는 입에 대기가 꺼려졌지만, 막상 다시 마셔 보니 혀가 그 맛을 기억하는 듯 익숙하게 받아들였다.

–이 차는 땅의 선물입니다. 이걸 마셔야 산지의 혹독한 환경을 아무렇지도 않게 견딜 수 있는 법입니다. 제국에 갇혀 식견이 좁은 학자였던 시절에는 몰랐으나 자연은 놀라운 방식

으로 배치되어 있더군요. 문제를 내민 곳 근처에 해답도 같이 주는 것이 자연입니다.

그런 말을 듣고 보니 몸이 후끈하게 달아오르는 것도 같았다. 지난번에 별 생각 없이 마셨을 때는 알아차리지 못했으니 신뢰할 만한 느낌은 아니었다.

–그러면 이제 연구를 중단하시는 건가요?

–그럴 수는 없습니다. 저는 가끔 제국 대학 시절을 생각할 때가 있습니다. 거기서 쫓겨나서 이곳에 오게 되기까지 저의 인생을 우연이라고 설명하기에는 신기한 부분들이 있습니다.

마르쿠스는 몸과 마음을 따뜻하게 해 주는 괴물손 차를 마시며 연신 고개를 끄덕였다. 플리니 대공이 이 차를 찬양하는 이유를 이제 알 것도 같았다. 얻어 갈 수 있다면 돌아가는 길에 좀 가지고 가서 스타인 전역에 퍼뜨리는 것도 좋을 것이다. 스타인 사람이라고 매일 파르바주만 마시고 있을 수 없는 노릇이었다.

–예전 동료들이 들으면 비웃겠지만 그 과정은 마치 신께서 저를 이곳으로 보내신 것처럼 느껴질 때가 있습니다. 괴물에 대해 지금껏 인간이 알지 못했던 것을 밝히라고요. 저 위대한 흄 알라비드가 먼저 그렇게 했듯이 말입니다. 그렇게 생각한다면 제가 어떻게 이 일을 중단할 수 있겠습니까?

열변을 토하는 것은 플리니의 목에는 무리가 가는 일이라 그도 잠시 차를 마시며 몸과 마음을 가다듬을 시간이 필요했다. 다시 침묵이 알맞게 방 전체로 고루 퍼진 다음에 마르쿠스가 주위의 기운을 휘저어 놓으며 물었다.

– 그렇다면 충격적이지는 않지만 공식으로 사과하실 일은 무엇입니까?

– 대장장이 왕과 아리셀리스 님입니다.

마르쿠스도 그 말만 듣고서는 영문을 파악할 수 없었다. 플리니 대공은 곧 그 사실을 알아차리고 준비한 말을 강의하듯 천천히 이어 나갔다.

– 처음 플리니 대공이라고 불리게 된 다음부터 제 마음은 겸손하다고 믿었지만 오만함이 솟아오르는 것을 막을 수 없었던 모양입니다. 마르쿠스 님이 레푸스 님을 모시고 이곳까지 찾아오셨을 때 제 부풀어 오른 마음은 이성이 감당하는 것조차 어려운 크기가 되었습니다. 그래서 감히 어리석은 충고를 드리게 된 것입니다.

– 저는 그 충고가 나빴다고는 생각하지 않습니다. 오히려 아주 적절했지요. 대장장이 왕과 마법사 왕의 동생이라면 우리를 구원할 힘을 가지고 있는 분들이 아닙니까?

– 그렇습니다. 그분들이 가진 힘의 크기는 모자람이 없지

요. 다만.

플리니는 잠깐 망설이다가 카니악의 해부도 쪽으로 눈길을 돌린 다음에야 계속 말할 용기를 얻은 성싶었다.

–그들은 스타인 사람이 아닙니다. 스타인 사람이 스스로 강해져서 독립할 힘을 얻기 전에 두 분의 힘을 빌려서 독립하겠다는 꿈은 한여름 나무 그늘에서 낮잠을 자면서나 꿀 법한 허황된 것입니다. 제국과 적이 되면서까지 온 힘을 다해 우리를 도와줄 이유가 그들에게는 없기도 합니다. 학자다운 이상론에 빠져 레푸스 님께 잘못된 충고를 했습니다.

마르쿠스는 플리니의 말에 일견 공감하기도 했으나 본인이 사과를 받아들일 입장이 아니라 난처한 처지에 놓였다. 하기는 그 말이 모든 일의 시작이었을지도 모른다. 대장장이 왕과 마법사 왕의 동생만 얻으면 폴로 공국을 몰아내고 제국의 영향력에서 벗어날 수 있다고 했다. 대장장이 왕이 마법사 왕의 동생을 먼저 찾겠다고 대답했을 뿐인데 그의 지원을 믿고 레푸스가 자기 사촌을 공격한 것이 문제의 시작이었다.

–제가 모든 일이 쉽게 풀릴 것처럼 입을 함부로 놀린 탓입니다.

–그런 말 마십시오.

마르쿠스로서는 일단 그렇게 위로하고 보는 수밖에 없었

다. 그는 자기 임무를 다시 한번 생각했다. 자책하는 이를 어떻게 설득해서 해결책을 제시해 달라고 할지 난감했다. 플리니는 마르쿠스의 걱정도 미리 알고 있었다.

–우리가 만약 다시 손을 맞잡는 것을 꿈꾼다면 그것은 우리가 직접 손을 뻗어 우리 힘으로 이루어야 합니다. 두 공국이 힘을 합친다면 틀어진 상황을 바로잡을 수 있을 겁니다. 여기에는 괴물과 싸우며 단련된 군대가 있습니다. 돌아가는 길은 저 험한 산지일 필요가 없으니 같이 진군합시다.

마르쿠스는 머릿수만 채웠을 뿐 아직 제대로 된 싸움을 치를 능력이 없는 스타인 공국의 병사들을 생각했다. 그는 충동적으로 플리니가 왕이 된 스타인을 생각했다가 충성된 신하답게 그 생각을 다시 묻어 두었다.

스타인 북방의 뾰족한 바위 사이에서도

위엄을 잃지 않고 함께 솟은 저 유명한 성은

스타인 왕국의 산물이 아니다.

심지어 왕국이 세워지기 전에도

이미 연원을 짐작할 수 없을 만큼

오래된 것이었다는 기록이 남아 있다.

제국의 한 역사학자는 감히 짐작한다.

스타인 이전에 그 지방에는 대규모 성을 건설할 만한

권력 집단이 출현한 적이 없다.

그렇다면 성을 지은 것은 마땅히 사람이 아니면서

건축물에 관심이 있는 존재, 즉 용일 것이다.

이 의견은 발표된 적이 없는데 제국에서는 학문에

괴물이나 영물을 끌어들이는 것이 금기인 까닭이다.

# X

데스커드와 투란이 다사의 흔적을 쫓다가
새로운 적과 맞닥뜨린다

대장장이 왕은 매사에 느긋해 보이는 사람이었는데 천성이 그러하다면 대단한 일이었다. 그는 어린 시절 스타인의 산골 여관에서 불을 지키는 노예로 지내며 학대를 당했다. 그래도 그의 본래 마음이 찌그러지지 않은 것을 보면 단단한 심지를 가졌음을 알 수 있었다.

그러나 겉으로 드러나는 모습은 진지한 구석이 별로 없고 앳된 소년 같은 느낌이라 다들 제멋대로 왜곡된 기준을 가지고 대장장이 왕을 평가했다. 대장장이 왕은 느긋한 사람답게 어차피 곧 무덤에 들어갈 사람의 평가에는 연연하지 않는다고 했다.

그런 그가 폴로 공국에 가는 것만큼은 서둘렀는데 겨울이 다가오면 옛 스타인 지방에 폭설이 내리는 일이 흔한 까닭이었다. 서쪽의 스타인에서 동쪽의 폴로 공국으로 가려면 오레스테스 공국보다 더 큰 장애물을 넘어야 했다. 산 사이에 기적적으로 뚫린 한 줄기 골짜기였다.

–아루에는 산길치고는 넓고 바닥이 고르다지만 겨울만 되면 눈이 쌓여 건너갈 수 없대. 그렇게 되면 빙 돌아서 이손강을 건너야 하는데 눈이 오기 전에 폴로 공국에 가는 게 좋지 않겠어?

–그러면 돌아오시는 길은요?

데스커드가 영 탐탁지 않다는 태도로 물었다. 그는 왕의 경호원이 된 후 처음으로 왕을 혼자 보내려니 걱정이 앞섰다. 대장장이 왕이 툭하면 암살 시도에 시달리는 사람이라는 점에서 더더욱 안심하기 어려웠다. 그의 가슴에도 흉터가 있었고, 최근 생긴 목의 흉터는 아직 창백한 분홍빛이 돌았다.

–만약 폭설이 내려 아루에가 막히면 두 사람은 다사를 찾자마자 신전으로 돌아오면 돼. 우리가 폭설 전에 용무를 마치면 다시 골짜기를 넘어서 여기로 올 테니.

–그런데 그 폭설이라는 것이 확실히 내리는 건가요?

옆에서 듣고 있던 투란이 물었다.

–확실해, 투란. 폭설이 내려서 길이 막히는 건 스타인 겨울의 습관 같은 거야. 이런 표현이 적절한지 모르겠지만.

–저도 지금 이런 말을 하는 것이 적절한지 모르겠지만 제국에서 그 땅을 아크마트 대공에게 맡긴 게 이해가 가는군요.

아리셀리스의 말에 에이어리가 고개를 끄덕이며 덧붙였다.

–제국은 강하고 황제는 지혜롭지요. 제국을 거스르려는 사람들은 자기들이 약한 이유가 칼과 창과 화살에 있다고 믿지만 그 전에 이미 머리싸움부터 지고 있어요. 지금 스타인에 제국과 같은 병력이 있다고 아크마트를 몰아낼 수 있을까요?

제법 대장장이 왕 같은 말이라 누구도 선뜻 대답하지 못하고 분위기만 무거워졌다.

–우리가 그 아크마트를 만나러 갑니다, 대장장이 왕. 정신을 바싹 차려야겠군요.

–하지만 우리가 폴로 대공, 아크마트를 찾아가는 이유는 그가 우리를 부르고 싶지만 양국의 관계 때문에 부르지 못하고 있기 때문이에요.

–그가 우리를 부르고 싶어 한다고요?

아리셀리스는 믿지 못하겠다는 듯이 되물었다.

–물론입니다. 그는 우리를 보자마자 만날 기회를 기다리고 있었다고 할 거예요. 두고 보세요.

아리셀리스도 다른 사람을 상대할 때는 그런 식의 예측을 아끼지 않고 잘난 척하기 좋아하는 사람이었다. 심지어 루비카르멘의 콧대까지 꺾은 일이 있었다. 그러나 대장장이 왕의 말은 도무지 이해가 가지 않는 것이라 미간을 찌푸린 끝에 미적지근한 대답이 나왔다.

–그렇다면 대장장이 왕을 믿고 가겠습니다.

두 사람을 만난 아크마트 대공은 정말로 대장장이 왕의 예상과 같은 말을 해서 아리셀리스를 아연실색하게 만들었다. 그는 에이어리가 의기양양한 표정을 감추지 못하는 것을 보고 땅에서 가짜 벽을 쌓아 올려 기병대를 물리쳤을 때처럼 에이어리를 경계했다. 그리고 평생 다시는 에이어리를 툭하면 암살 시도나 당하는 철없는 청년으로 여기지 않게 되었다. 이 모든 일은 며칠 뒤, 에이어리와 아리셀리스가 기적적으로 아루에 골짜기에 쏟아지는 폭설을 뚫고 폴로 공국을 찾아간 다음에 일어났다.

그보다 먼저 짧은 작별이 있었다. 에이어리와 아리셀리스는 레푸스 대공에게 폴로 공국으로 가는 마차를 제공해 달라고 말할 수 없었다. 레푸스 대공이 그들의 목적을 오해해서 제국의 첩자 취급을 할 수도 있었다. 결국 어렵게 말 두 마리와 낡은 마차를 구하느라 하루를 더 허비한 끝에 두 사람이 떠날 수 있었다.

–데스커드.

출발하기 전 마차 안에서 에이어리가 아끼는 신하를 불렀다. 누군가는 경호원이라고 부르고 누군가는 하인이라고 생각하지만 대장장이 왕 에이어리에게 그는 유일한 신하이자 친구였다. 데스커드는 마음을 다잡고 그가 전하는 말을 들을 준비를 했다.

–이 땅에 정착하러 온 것은 네가 아니라 다사야. 넌 여기서 정착할 마음을 품으면 안 돼. 아직은 때가 되지 않았으니 나를 더 지켜야 해.

그렇게 말하면서 에이어리는 계속 뒤에 서 있는 투란을 힐끔거렸다.

–그게 대체, 그게 대체 무슨 말씀이세요?

–나는 그대의 지혜를 믿는다, 데스커드. 영원히 금지되었다거나 하는 야박한 말을 하는 게 아니야. 아직은 이르다는 거지. 언젠가는 원하는 대로 될 거야, 데스커드.

에이어리는 데스커드가 제대로 항변하기도 전에 출발해 버렸다. 어찌할 바를 모르는 데스커드의 곁에 투란이 지나치게 바싹 얼굴을 붙이고 물었다.

–뭐라고 하셨어?

데스커드는 투란이 무안하게 느끼지 않을 정도로 슬며시 몸을 뒤로 빼며 대답했다.

–다사를 꼭 찾아야 한다고. 그래, 우리는 다사를 찾으려고 남은 거야.

그 말은 투란에게 하는 것이 아니라 자기에게 암시를 거는 것과 비슷했다.

-하지만 일단 밥을 먹고 시작해야 해. 날씨가 추울 때는 배가 고프면 살이 떨리니까.

두 사람만 식사하는 것은 처음이라 어색하게 음식을 씹어 목에 욱여넣고 있는데 레푸스의 심부름꾼이라는 자가 찾아왔다. 데스커드가 식탁에 투란을 남겨 두고 나갔다.

-무슨 일이십니까?

-대장장이 왕과 아리셀리스를 찾는다. 대공의 명령이다. 두 분을 모시고 오라 하신다.

겉보기에 그리 대단한 구석이 없는 심부름꾼은 데스커드를 보자마자 무례하게 굴며 반말을 썼다. 데스커드는 기분이 확 나빠졌다. 대장장이 왕의 신하이자 호위인 그의 정체를 알고도 그런 식으로 대하는 사람은 많지 않았다. 심지어 아리셀리스도 그를 낮은 신분으로 생각할지언정 데스커드 님이라고 부르지 않던가.

-그래서 너는 누구냐?

-에잇, 대답하기 싫으면 저리 비켜라. 너 같은 것에게는 볼 일이 없다.

심부름꾼이 그렇게 말하면서 팔을 휘둘러 데스커드를 밀치려다 얼굴을 친 것은 큰 실수였다. 그 자리에서 사과했으면 해결될 문제였으나 그는 대수롭지 않다는 듯이 데스커드를 다시 한번 두 손으로 밀고 안쪽으로 성큼성큼 들어갔다. 식탁에 혼자 앉아 있던 투란이 휘둥그레진 눈으로 침입자를 쳐다보았다.

–대공의 부하는 다 그렇게 예의가 없나?

뭔가 대답하기도 전에 심부름꾼은 뒤에서 매가 낚아챈 것처럼 공중으로 들렸다.

데스커드가 눈꼬리 양쪽을 하늘로 치키는 것은 굉장히 드문 일이었다. 그는 자기의 왕을 지킬 때나 훈련에 임할 때도 나른하고 멍청해 보이는 눈에 변화를 주지 않았다. 공중에 대롱거리던 사람이 뒤늦게 힘을 주어 풀려고 했으나 데스커드의 팔은 쇠처럼 단단했다. 심부름꾼은 힘의 차이를 확인한 다음에야 자기의 실수를 깨달았다.

–미안, 미안합니다.

데스커드는 그를 한 손으로 든 채 입구까지 가면서 땀 한 방울 흘리지 않았다. 발버둥은 곧 멈췄는데 들려 가는 사람이 그래 보아야 도움이 되지 않는다는 것을 깨달은 다음이었다.

–저는 레푸스 대공의 명을 받고 왔습니다.

–알고 있어.

데스커드는 일부러 무뚝뚝하게 굴었다.

–저를 해치면 나중에 문제가 될 겁니다.

–당신이 대장장이 왕이 머무시는 곳에 함부로 침입한 건 문제가 되지 않을 거라고 생각해? 대장장이 왕이 이 사실을 아신다면 당신을 잡아다가 몸에 딱 맞게 제작되어 손가락 하나도 꼼지락거릴 수 없는 관에다가 가두실 거야. 그러면 당신은 거기 갇혀 움직이지도 못하고 산 채로 죽게 되겠지.

–서, 설마 대장장이 왕이 그렇게 하실 리가요?

안쓰러운 반문이 터져 나왔을 때 데스커드의 걸음은 멈춰 있었다. 이미 현관까지 도착한 다음이었다.

–대장장이 왕은 너그러운 분이지만 불경스러운 자들에게 무작정 은혜를 베푸시는 분도 아니지. 너희 주인께 대장장이 왕은 아리셀리스 님과 함께 폴로 공국으로 가셨다고 전해. 이 나라를 위해 전쟁을 끝낼 담판을 지으러 가셨다고.

데스커드가 한 말은 자기 마음대로 떠드는 것이 아니라 에이어리가 미리 전해 둔 것이었다.

–대장장이 왕께서 대공께 양해를 구한다고 전해 달라고 하셨어. 눈이 내리기까지 시간이 촉박해서 미리 연락하지 못했다고.

데스커드는 전할 말을 다 전한 다음 팔을 가볍게 휘둘러 심부름꾼을 던졌다. 바닥에 내동댕이쳐진 사람은 엉덩이를 만지면서 앓는 소리를 냈다. 데스커드는 그를 무시하고 문을 닫아 버렸다.

– 그렇게 해도 괜찮은 거야?

결국 식사를 끝마치지 못하고 나온 투란이 물었다.

– 저자는 대장장이 왕을 모욕한 것이나 다름없어. 왕께서 여기 계셨어도 가볍게 혼내 주었을 거야.

점심 식사를 마치고 외출을 준비하며 문을 다시 열었을 때 마당에는 아무도 없었다. 데스커드와 투란은 다사의 흔적을 찾기 위해 수소문하며 다녔지만 성과가 없었다.

– 어쩌면 다사는 벌써.

데스커드에게는 다사를 걱정하는 마음이 없었다.

– 하나 남은 가족을 죽이지는 않았을 거야.

– 가족의 유대라는 것은 생각보다 약할 때도 있어. 난 가족이 탈와르 님께 팔아서 신전에 오게 된 거야.

탈와르는 데스커드의 스승이 된 이후로 몇 번이나 거듭해서 자기의 행동을 사과했다. 원한다면 다시 가족을 만나게 해준다고도 권했다. 데스커드는 언제나 쉽게 거절했는데 이미 어린 시절의 기억이 희미해지기도 했고, 또 팔았던 가족이 돌아왔을 때 남은 사람들의 표정을 보고 싶지 않아서이기도 했다.

–그래도 오해가 풀렸다면 다사를 죽일 이유는 없지.

투란은 데스커드와 반대로 뇌리에 선명하게 남아 있는 자기 가족들을 생각했다. 그녀는 돌아갈 곳이 있었고, 가족도 그녀를 그리워했다. 가족을 다시 보고 싶었지만 그 일원으로 남은 세월을 사는 것은 이제 불가능했다. 불과 일 년 사이에 그녀는 고향에 맞지 않는 사람이 되어 버렸다.

–위대한 조언자님이라면 답을 알려 주실 텐데.

–그분은 아직도 마법사 왕국에 계시다며?

–평생 나오지 않을 거라고 하셨지. 우리는 그 이유를 알 수 없었지만. 대장장이 왕께서는 아마 예언과 관련이 있을 거라고 하셨어.

데스커드는 자기와 함께 마법사 왕국에 들어왔던 일행을 마중하면서 아네시가 보인 쓸쓸한 표정을 기억했다. 그 속에는 정말 많은 감정이 담겨 있어서 그 절반도 읽거나 흉내 내기가 어려웠다.

–아무튼 이런 방식으로는 안 돼. 오늘 계속해서 사람들에게 묻고 다녔지만 쓸 만한 대답이 하나도 나오지 않았어.

투란이 푸념했다.

–어쩌면 벌써 스타인을 떠난 게 아닐까?

–아니야.

투란의 대답은 확신에 차 있었다.

–어째서?

–다사의 누나라는 사람은 대장장이 왕의 명령을 전혀 예상하지 못했을 거야. 다사 같은 사람이 사라져도 도망쳤다고 생각하지 위험한 처지라고 생각해서 굳이 찾지 않아. 귀족들은 다 그래.

투란이 어쩌다 보게 된 귀족이나 풍문으로 들리는 이야기 속 귀족은 전부 그랬다.

–하지만 대장장이 왕은 귀족이 아닌데?

–어쨌든 높은 사람이니까. 다사쯤 사라져도 아무도 신경 쓰지 않는다고 생각할 거야. 그러니까 다사의 누나는 멀리 도망칠 필요를 못 느꼈겠지.

데스커드는 투란의 추측에 쉽게 동의할 수 없었다. 그래도 그 의미를 따져 보느라 어느새 발걸음이 통제를 벗어나 주인이 잠든 말처럼 다시 얌전히 숙소로 돌아가는 것도 모르고 있었다.

–내 생각에는.

데스커드가 말을 끝내기도 전에 투란이 그의 어깨를 낚아채 벽으로 끌어당겼다.

– 왜 그래?

데스커드가 놀라서 물었다.

– 저기, 저기 아까 본 심부름꾼이 있어.

데스커드가 벽 너머로 보니 심부름꾼 곁에는 장정 몇 명이 버티고 서 있었다. 멀리서 보아도 풍기는 기운이 거리의 불량스러운 잡배들을 모아 놓은 것 같았다.

– 흥, 우리에게 복수라도 할 모양이군. 하지만 저 숫자로 뭘 하겠다는 거지? 저 정도는 하품 한 번 할 시간이면 전부 제압할 수 있어. 나는 대장장이 왕의 경호원이라고.

– 하지만 그러면 곤란한 일에 빠져들게 될 거야. 지금은 우리를 지켜 줄 대장장이 왕도 안 계시잖아. 레푸스 대공이 우리를 감옥에 가둘지도 몰라.

– 그건 그래. 스타인에서 도망자가 될 수도 있겠네. 하긴 뭐 스타인은 원래 도망자의 땅이니까.

투란은 잘 모르는 이야기였다. 이야기의 맥이 끊긴 것을 눈치챈 데스커드가 서둘러 말했다.

– 저 멍청이들도 차마 대장장이 왕의 숙소에 들어갈 생각은 못 하는 것 같아. 그랬다가는 목이 두 개 있어도 둘 다 잘릴 테니까. 그래서 저 앞을 지키고 있는 거야. 그래도 우린 안에 들어가야 해.

–어째서?

–투란, 우리 짐은 다 저기 있잖아.

–그래도 제발 지금 싸움을 걸지는 마.

–걱정하지 마. 밤까지 기다려 볼 테니까. 일단 저 친구들이 고생 좀 하게 내버려 두고 우리는 저녁이나 먹고 즐기다 오자.

거기에는 투란도 기꺼이 동의했다. 두 사람이 집 앞을 지키는 들개들을 잊고 실컷 논 다음 돌아왔을 때 주위는 캄캄해져 있었다. 숙소 앞에는 인적이 전혀 없었다.

–끈기가 있는 놈들은 아니네.

밤에 불을 밝히지 않은 숙소는 두 사람에게 남의 집처럼 낯설었다. 데스커드가 더듬더듬 불을 붙이려 하자 투란이 기척을 느끼고 말렸다.

–그러면 그 사람들이 볼 거야.

–보면 어때? 불조차 밝히지 않으면 우리가 꼭 도둑 같잖아. 그럴 수는 없지.

투란도 더는 말리지 못했다. 데스커드는 거기서 멈추지 않고 제안했다.

–어차피 저 녀석들은 여기 들어오지 못하니까 일단 밤에 푹 자고 내일 일은 내일 생각하는 게 어떨까?

투란은 망설였다.

-여기서 나간다고 해도 이렇게 밤중에 어디서 잠자리를 얻겠어?

-그건, 네 말이 맞아.

투란도 마지못해 동의했다. 그날 밤 한 사람은 푹 자고 한 사람은 잠을 설쳤는데 놀이 쉬운 경험의 차이 때문이었다. 데스커드는 대장장이 왕과 함께 다니면서 불량배들의 위협을 받는 일이 처음이 아니라 대수롭지 않게 여겼다. 투란에게는 당연히 처음 있는 일이었다.

다음 날 아침 문을 열자 예상했던 대로 심부름꾼과 그 무리가 앞에서 기다리고 있었다.

-오늘도 긴 하루가 되겠어. 다사를 찾아야 하니까.

데스커드는 투란이 대답하기도 전에 앞으로 뚜벅뚜벅 걸어가서 사람으로 탑을 쌓는 묘기를 보여 주었다. 투란의 동공은 그 재주를 보면서 한없이 커져 정교하게 만든 구슬처럼 보였다. 팔과 다리가 기괴하게 빠져나온 탑이 투란에게는 작은 영감의 원천이 되었다.

왕가의 오랜 친구였던 마르쿠스가

극비의 임무를 띠고 자취를 감춘 사이

레푸스 대공의 새 친구가 된 피에스는

순식간에 자기 사람들을 대공 주변으로 불러들였다.

그들은 주로 피에스와 함께

스타인 통일 운동을 펼치던 시절의 동지였는데

언제부터인가 피에스의 사람들로 불렸다.

# XI

## 용감한 테리아와 가족들이 서로 의견을 굽히지 않은 끝에 뿔뿔이 흩어진다

겨울은 서쪽으로부터 찾아온다. 제국과 그 주변 나라 사람들은 감히 밟을 생각도 하지 못하는 북서쪽의 커다란 산맥과 꼬불꼬불하게 흐르는 강들 사이에서 구름이 모이기 시작한다. 누구는 그곳에 사는 신비로운 존재가 겨울이 올 때마다 눈구름을 만들어 바람에 실려 보낸다고 하는데 듣는 사람들은 옛날이야기 정도로 웃어넘긴다.

구름이 서서히 거대한 몸집을 움직이며 눈을 뿌리기 시작하면 가장 먼저 옛 스타인 땅이 피해자가 된다. 레푸스 공국과 폴로 공국 사이에 난 제법 넓은 길은 눈이 허리까지 쌓이고 난 다음에는 커다란 방벽이 되어 사람의 왕래를 막는다. 봄 햇살이 보름 넘게 찌르고 또 찌른 다음에도 사람의 손길을 거쳐야 비로소 다시 길 역할을 할 수 있다.

그 넓은 길을 외롭게 달리며 눈을 맞는 마차가 있다. 근처 지방 사람들은 눈이 갑자기 습격할 것을 대비해 일찌감치 왕래를 끊었지만 맹렬하게 달리는 마차는 눈이 와도 멈추지 않을 기세다.

구름의 자존심이 상처를 입은 것처럼 눈발이 거세지고 마차 안에서 상의하는 이야기가 들린다.

–이대로 돌파하는 것은 무리입니다, 에이어리 님.

–하지만 지금 가지 않으면 저 길은 서너 달 동안 막혀 있을 테니 그때는 이미 전쟁이에요, 아리셀리스 님. 우리는 그전에 아크마트 대공을 만나야 합니다.

–그 말씀이 옳습니다. 그렇다면 우리가 미련하게 자연에 대항해 보는 수밖에 없겠군요.

–지금은 대항하지 않아도 미련한 일일 겁니다. 옛날 대장장이 왕 중 한 분이 말씀하셨죠. 사람이 세상을 이길 수는 없지만 때로는 세상에 대항하는 것에 사람의 가치가 있지 않겠는가?

–좋은 말씀이군요. 그렇다면 둘의 힘으로 세상에 대항해 봅시다.

마법사는 하늘로 손을 뻗어 뜨거운 기운을 모은다. 대장장이 왕은 땅에서 뽑아낸 흙으로 달리는 말들의 양옆을 지나 앞으로 뻗는 긴 창을 만들었는데 그 양 끝이 달리는 말 앞쪽에서 만나게 되어 있다. 하나만으로는 부족해서 위와 아래에도 추가로 창을 단다. 그들은 쌓인 눈을 녹이고 부수며 소리친다.

–걱정하지 말고 달리게, 마부. 적어도 우리의 앞길은 뚫려 있으니까.

구름은 꼬리를 그들에게 남겨 두지만 몸통은 이미 한참 동쪽으로 전진한 다음이다.

대장장이 신의 신전에는 눈이 가르젠의 허벅지까지 쌓였고 사제들과 대장장이 마을 사람들이 눈을 치우느라 분주하다. 오반도는 혼자서 마구간 앞의 눈을 쓸다가 가르젠을 보고 소리를 지른다.

–가르젠, 가르젠. 그건 대체 뭐요?

–보시다시피 눈을 치우는 도구요. 이렇게 바퀴를 밀며 앞으로 가면 부수어진 눈이 양쪽으로 밀려나게 되어 있지. 길을 만드는 용으로는 나쁘지 않소. 눈이 조금만 더 쌓이면 무용지물이겠지만.

–어째서, 어째서 그런 물건을 혼자 쓰시오? 나도 하나 만들어 주시오.

–지금은 하나밖에 없소. 이걸 만들기보다 당장 눈을 치워야 하지 않겠소? 마구간 안쪽과 앞만 쓸고 있는 사람에게 이런 물건은 필요하지 않을 거요.

–마구간을 먼저 청소한 다음 다른 곳도 도우려고 그랬소.

말은 이런 추위를 감당하라고 세상에 존재하는 동물이 아니란 말이오.

그 외침을 듣는 것을 마지막으로 눈구름은 대장장이 신의 신전을 넘어간다. 제국의 영토는 한없이 넓게 펼쳐졌지만 작은 눈 알갱이가 그 바다에 한번 깔리기 시작하면 금세 모든 땅을 덮을 수 있다. 눈은 사람이 보는 곳이나 보지 않는 곳이나 동일하게 권세를 자랑한다. 눈을 구경하는 자 중에는 신분이 낮은 자와 한없이 높은 자가 섞여 있다.

–저 눈이 우리의 방벽이 되겠군.

–참으로 그렇습니다.

–눈이 녹으면 내 사촌이 이끄는 반란군에 속한 세력과 루도인이 몰려와서 내 백성을 죽이고 재산을 빼앗는다는 말이지? 결국은 내 목을 치려고 들 테고 말이야. 나를 여름 궁전이나 라톤섬에 가두는 친절은 베풀지 않겠지?

찬 바람이 들어와 창문을 가리려는 것을 황제가 손을 들어 말린다.

–저 간악한 오셀롯이라면 분명 그럴 것입니다.

황제는 쓴웃음을 지었다. 오셀롯은 분명 황제가 아니었던가. 황제였던 사람이 그 신하였던 자로부터 간악하다는 말을 듣게 되는 것이 세상의 이치라고 생각하면 권력의 취기에서 벗어날 수 있었다. 그도 언제든지, 어쩌면 내년 봄에 간악한 팔라스라는 소리를 들을 수 있었다.

–제국의 겨울은 전쟁을 준비하기에 좋지 않아. 반대로 저쪽은 눈이 거의 내리지 않으니 이 틈에도 꾸준히 창날을 만들고 병사들을 단련시키겠군. 우리는 겨울이 끝나갈 때까지 병사를 소집하기도 어려울 거야.

–옳은 말씀입니다.

–그렇게 내 말에 동의만 하지 말고 의견을 내어 보게. 어떻게 하면 눈이 그치는 봄에 내 사촌을 막을 수 있겠는가? 이대로라면 우리의 패배가 필연적으로 보이는데. 보고에 따르면 루 도인은 우리 병사들이 칼을 한 번 휘두를 때 네다섯 번씩 휘두른다는데 그런 적을 어떻게 상대해야 하는지 말이야.

–그것을 말씀드리자면.

마지못해 내놓는 대답은 창밖으로 몇 걸음 나가기도 전에 눈에 파묻혀 아무도 들을 수 없는 것이 된다. 황제의 찌푸린 얼굴이 만족과 불만 중 어떤 쪽을 가리키는지 알 수 있는 것은 본인뿐이다. 차가운 바람이 거슬렸는지 황제가 드디어 손을 들어 창을 가리라고 명령하고 그렇게 세상의 권력자는 세상으로부터 잠시 분리된다.

제국의 절반을 삼키고도 눈구름은 아직 기운이 다하지 않았는지 미끄러지듯 달린다. 땅은 본래 사람과 짐승과 괴물이 점령했다고 하나 지금은 모두 고개를 조아리고 숨어서 대자연의 강한 힘이 지나가기를 기다릴 뿐이다.

이번에는 내친김에 에젠 땅, 눈이 내리지 않는 곳까지 달려 들어가 눈 알갱이를 뿌려 보지만 금세 몸이 줄고 기운이 약해지는 것이 느껴져 끝내 정복하지 못하고 후퇴한다. 그러나 겨울은 끝나지 않았고 침략은 이어질 예정이다. 흔하지 않은 광경에 놀란 인간들은 제멋대로 그 조짐을 해석한다.

-때로는 자연이 세상의 일을 미리 밝힌다고 하는데 이걸 어떻게 해석하면 좋을까, 에젠 성주? 엘 벨리드가 곁에 있으면 묻겠지만 그는 아직 돌아오지 않아서 말이야. 그 무거운 몸을 움직이자면 남보다 몇 배로 힘이 들겠지.

에젠 성주라고 불린 그라스 시비스는 자신이 에젠 대공이었던 시절에는 눈이 오는 일이 전혀 없었다고 담담히 밝힌다. 분명히 내년에 있을 세상의 큰 변화를 상징한다고 주장하는데 에젠 공 오셀롯에게는 마음에 드는 대답이다.

-그래, 내년에 제국 수도를 탈환하면 다시 왕들의 회합을 열어서 평화 협정을 맺을 생각이네. 다음 10년을 위한 평화 협정이 아니라 영원히 지속될 협정이 되겠지.

구름은 북쪽으로 방향을 살짝 틀지만 곧 쿠오피오의 안개를 만난다. 그와 섞이고 싶지 않아 다시 크게 몸을 돌려 마곤에 눈을 적당히 뿌려 준 다음 남하하며 마지막 힘을 쏟아 알이 굵은 눈을 떨어뜨린다.

그렇게 해서 마곤의 남쪽에 위치한 작은 도시에도 드디어 눈이 내리고 테리아의 가족들이 모두 동원되어 눈을 쓸며 논쟁을 멈추지 않게 되었다.

-너희들은 세상의 이치를 깨닫기에는 아직 살아온 세월이 짧다. 내가 가족을 위해 집과 농장과 그 밖의 모든 것을 마련한 덕분에 그저 편하게 살 수 있었지. 그래서 세상의 혹독함에 대해 깨달을 수 없었던 거야. 지금도 너희들은 겪어 보지 못한 전쟁에 대해 함부로 말하고 있어.

테리아는 아버지가 일장 훈계를 늘어놓느라 빗질이 느려진 것이 가장 마음에 들지 않았다. 눈을 가늘게 뜨고 아까부터 째려보고 있는데도 나아질 기미가 없었다.

-아버지도 전쟁을 겪으신 적은 없잖아요?

테리아의 오빠도 말할 때 빗질이 느려지기는 마찬가지였다. 그럴 바에는 눈부터 열심히 치우고 토론은 이따가 저녁을 먹으면서 하는 편이 낫지 않을까 생각했지만 테리아는 일단 잠자코 헛소리들을 들어 주다가 나중에 참견하기로 결심해 두었다. 대신 그녀도 혼자 고생하기 싫어 손에 힘을 빼고 빗질에 힘을 많이 쏟지 않았다.

–세상사는 다 전쟁과 같은 거야. 나는 많은 일을 겪었다. 너희들하고는 비교도 되지 않지.

–그건 알겠지만 아버지도 진짜 전쟁을 겪으신 적은 없죠. 그리고 아버지의 이야기를 정리해 보자면 여기 재산을 급하게 팔고 마곤으로 도망가야 한다는 말씀이잖아요. 하지만 마곤은 반란군의 본거지에서 그렇게 멀지 않아요.

–그래도 거기는 큰 성이니 쉽게 빼앗기지 않을 거다.

–그건 에젠 공의 군대를 몰라서 하시는 말씀이죠. 그쪽에서는 악마와 계약을 맺었다는데요? 악마의 군대는 인간이 칼을 채 휘두를 틈도 주지 않고 목을 잘라 버린대요. 그러니 이미 제국에 희망은 없어요.

–그래서 에젠 공에게 내가 일군 재산을 전부 바치고 자리를 하나 얻겠다고 말하는 거냐?

–그게 요새 사람들의 지혜니까요. 정세를 냉정하게 파악해서 이길 것 같은 쪽의 편이 되어야 해요. 지는 쪽은 모든 것을 잃는다니까요? 저는 우리 가족을 지키고 또 영광스러운 삶을 살려고 하는 거예요.

–멋대로 지껄이는 것은 네가 입만 놀리는 사람이라는 것을 증명하는구나. 네 손으로 무엇 하나 이룬 적이 있기는 한

거냐?

–아버지야말로 권위로 모든 의견을 묵살하시는데요? 제게도 보고 듣는 눈이 있다고요. 저도 30년 넘게 살았는데 아무것도 모르는 어린애 취급하지 마세요.

–제국의 반역자가 되겠다니, 어리석은 놈아. 제국은 그렇게 쉽게 무너지지 않는다. 악마니 뭐니 하는 소리에 홀려서 내 재산을 반란군에 바치겠다니 그게 무슨 망발이냐? 내가 평생 일군 재산이다.

–제국은 끝났어요, 아버지. 새로운 세상이 오고 있잖아요. 어째서 그걸 보지 못하시는 거죠?

–새로운 세상은 오지 않는다. 전임 황제는 권력에 눈이 멀어서 날뛰는 거야. 악마들을 불러와도 그가 이길 수는 없다.

–말이 안 통하네요.

–나도 그렇게 생각한다.

둘이 신경질적으로 눈을 치우는 모습을 보고 테리아는 그래도 오늘 안에 일이 끝나겠다 싶어서 안심했다. 밀대로 눈 사이에 길을 내던 동생이 집 주변을 한 바퀴 돌아 다시 제자리로 돌아올 때까지는 그럭저럭 억지 평화가 유지되었다.

–넌 어떻게 생각해?

동생이 나타나자 테리아의 오빠가 다시 싸울 준비를 했다.

–뭘 어떻게 생각해?

–누구 편에 붙어야 하냐고?

테리아는 남동생이 말려들지 않기를 바랐지만 동생은 밀대를 세워 두고 듬성듬성 난 수염을 만지면서 어른들이 그러하듯이 생각하는 시늉을 했다.

–엄마랑 나도 같이 얘기해 본 적이 있는데 우리는 생각이 같았어.

–어떻게?

제국을 지지하는 아버지와 반란군을 지지하는 형이 동시에 묻자 테리아의 동생은 잠깐 주저하더니 결심한 듯이 말했다.

–일단 재산을 다 처분해야 해.

거기까지는 찬성하는 게 아니더라도 노골적인 불만이 나오지 않았다.

–그런데 엄마는 마곤이 안전한 땅이라고 믿지 않으셔. 나도 그래. 그러니까 아예 수도로 가는 거야. 지금 거기로 피난 가겠다는 사람이 많아.

–그건.

–또 다른 의견이네.

테리아가 이마를 세게 문지르며 말했다. 아니나 다를까 아버지가 먼저 반대했다.

-마곤이면 충분하다. 이 겨울에 수도까지 눈밭을 헤치고 가는 게 얼마나 고생일지 생각해 보았냐?

-그건 아버지 말씀이 맞아. 그리고 수도까지 도망쳐도 결국은 우리가 질 전쟁이라니까? 그럴 바에는 일찌감치 항복해서 안전을 도모해야지.

-그냥 엄마랑 내 생각은 그렇다고.

-피난민 사이에서 제대로 된 대접은 받기 어려울 거다. 거기는 강도와 도둑이 횡행할 거야.

-갑자기 왜 어려운 말을 쓰세요? 아무튼 나도 수도에 가는 것은 반대야. 간다 해도 수도 안에는 들어가지도 못하고 추운 겨울을 들판에서 보내야 할 거야.

테리아의 오빠가 한 추측은 꽤 정확한 것이었다. 피난민으로 도시 기능이 마비되는 것을 우려한 황제는 곳곳에 검문소를 설치해서 증명서가 없는 사람에게는 통행을 허락하지 않는 조치를 취해 둔 참이었다.

-그래도 우리한테는 눈이 녹는 봄까지 시간이 있어요. 모두 전쟁은 봄에 일어난다고 하잖아요. 그러니까 일단 눈을 치우고 따뜻한 저녁을 먹는 것을 목표로 삼아요.

테리아가 화를 꾹 눌러 참고 한 말은 친절한 의도만 담겨 있었지만 아버지의 반응은 그렇지 못했다.

–지금이니까 돈에 눈이 먼 자들이 우리 재산을 사 주는 도박을 해 보는 거야. 전쟁이 임박하면 그치들도 다 달아나고 우리 재산을 지켜 줄 사람은 아무도 남지 않게 될 거다. 남은 시간이 얼마 없어. 옆집도 뒷집도 마음을 굳히고 벌써 떠났다.

–그건 아버지 말씀이 맞아, 테리아. 얼른 방침을 정해야지 시간에 여유가 있다고 말하면 안 돼.

–그러면 각자 가고 싶은 곳으로 떠나요. 우리 가족의 재산은 내가 남아서 지킬 테니까. 아버지는 마곤으로 가시고, 오빠는 에젠으로 가서 병사가 되든지 식량을 나르든지 해. 막내는 엄마랑 같이 수도로 가 보고.

–그럼 너는?

–난 여기 남아서 재산을 지키겠다니까? 그러면 되잖아?

–저들이 와서 너를.

–잡아먹지 않을 거예요. 오셀롯은 다시 황제가 되려는 거잖아요? 자기 백성을 학살하고 약탈하면 아무도 그를 황제로 인정해 주지 않을 거예요. 물론 소나 돼지 몇 마리는 빼앗길 수 있겠지만 저는 괜찮을 거예요.

–그건 안 된다.

가족들이 돌아오지 않자 바깥으로 나와 본 어머니가 단호한 목소리로 끼어들었다.

– 왜요?

– 너에게 너무 위험한 일이야. 우리 집에서 누군가 그 일을 해야 한다면.

어머니의 눈길은 장남으로 향했다.

– 저요? 전 에젠 공이 전쟁에서 이길 거라고 생각한다니까요?

– 에젠 공인지 뭔지 하는 나부랭이가 황제를 이길 수는 없어. 까마귀 발톱과 제국 정예군을 이길 수는 없다니까?

아버지의 말에 아들도 지지 않았다. 날카롭게 세운 말들은 이제 전쟁의 향방보다 서로에 대한 비난이 주가 되어 보이는 사람을 할퀴어 댔다.

테리아는 답답한 마음에 가족이 부르는 소리를 뒤로 하고 동네를 한 바퀴 돌았다. 벌써 태반이 도망가서 빈집이 사방에 널려 있었다. 그중에는 테리아와 함께 자란 친구가 살던 집도 있었다. 그는 내년 봄 테리아에게 청혼하겠다고 공공연히 말하던 사람이었다.

– 테리아, 함께 도망치자. 나한테 모아 둔 돈이 있어. 너도 집에서 물건 몇 개 들고나오면 될 거야.

– 나는 집을 지킬 거야.

– 그건 개죽음이야. 악마들은 아무도 살려 두지 않는대.

–난 죽지 않을 거야.

대화는 아직도 머릿속에 생생하게 남아 있었다. 친구가 말할 때 입에서 나오던 입김과 주변을 맴돌며 불길하게 울어 대던 까마귀 소리처럼 사소한 것까지 잊히지 않았다. 그는 결국 테리아를 버리고 도망칠 만큼 스스로를 아낀다는 것을 보여주었다. 이제 결혼은 황제와 에젠 공과 대장장이 왕이 함께 와서 무릎을 꿇고 설득하더라도 일어나지 않을 일이 되었다.

테리아가 돌아갔을 때도 가족들은 싸우느라 식사를 못 하고 있었다. 그날 밤 모두 고픈 배로 희망이 보이지 않는 미래와 싸우느라 잠을 설쳤다.

그해 겨울, 테리아의 아버지는 마곤으로, 어머니와 동생은 수도로, 오빠는 에젠성으로 떠났다. 누구도 다른 사람을 설득할 수 없었고 설득당할 수도 없었다. 테리아는 각오를 다지고 홀로 집에 남았다.

그녀는 사람이 줄자 순식간에 을씨년스럽고 휑하게 변한 집을 둘러보며 자기의 선택이 옳았는지 잠시 의심했다. 그곳은 정확히 석 달이 지난 후에 에젠 성주의 임시 거처가 되어 다시 북적거릴 예정이었으나 테리아의 눈에는 그런 미래가 보이지 않았다.

추운 겨울이 지나고 눈이 녹으면 전쟁을 벌이는 것은

제국이 세워지기도 전의 전통이었으나

옛 문헌에서는 비판하는 일이다.

봄에 전쟁이 일어나면 장정들이 징발되는 바람에

씨를 뿌릴 사람이 없고, 그러면 한 해의 농사를 망치게 되니

그 피해가 전쟁보다 더 극심하다는 것이다.

결론에서는 차라리 추수를 끝내고

넉넉한 식량으로 전쟁을 벌여 양쪽이

겨울 전에 승자를 정하는 방법을 추천하고 있다.

## XII

아크마트 대공을 만난 에이어리가
그의 언변에 설복되어 새로운 나라로 출발한다

대장장이 왕과 마법사 왕의 동생이 폴로 공국에 도착할 수 있었던 것은 둘이 가진 능력을 아끼지 않고 전부 동원한 덕분이었다. 그들은 신의 능력으로 마차를 고치고 마법의 흐름으로 열을 만들어 낸 끝에 간신히 골짜기에 갇히지 않을 수 있었다. 겨울의 아루에 골짜기가 사람에게 패하는 것은 드문 일이었다. 어쩌면 처음이었을지도 몰랐다.

-운이 좋으셨던 겁니다. 매년 봄이 되면 그곳을 무리해서 넘다가 얼어붙은 사람의 시체가 발견됩니다. 간혹 일가족 전체를 찾을 때도 있는데 아직 제대로 말도 못 하는 어린아이가 그렇게 발견되면 안타까움에 모두 눈물을 흘린다고 하더군요. 봄까지 기다리면 뭐가 문제라고 그리 서두르는지 모르겠습니다.

말을 마친 사람은 마침 자기가 앞에 둔 두 사람이 그렇게 서둘렀다는 사실을 혼자 깨닫고 허둥지둥 사과했다.

–두 분은, 두 분의 임무는 그만큼 시급한 것이니까요. 그리고 자연이라도 대장장이 왕과 이 세상 최고의 마법사를 막을 수는 없을 겁니다. 그렇지 않습니까?

–마법이란 결국 자연의 힘을 빌리는 것이니 자연에서 오는 것입니다. 힘의 근원이자 주인을 이길 수는 없지 않겠습니까? 오히려 진정 그럴 수 있는 것은 대장장이 왕뿐일지도 모르겠습니다.

에이어리는 아리셀리스로부터 그런 칭찬을 받자 뭔가 화답해야겠다고 생각했으나 마땅한 말이 생각나지 않아서 가만히 있다가 화제를 돌렸다.

–그러고 보니 지난번보다 편안해 보이시는군요, 스탐노스님. 전에는 제국의 암투에 휘말려 고통스러운 나날을 보내고 있다고 들은 기억이 있는데요.

에이어리가 제국을 방문했을 때 스탐노스는 분명 그렇게 신세 한탄을 한 적이 있었다.

–지금 생각해 보면 부끄러운 일입니다. 그때의 저는 공명심에 눈이 멀어 황제 곁을 지키며 출세할 생각만 가득했던 것 같습니다. 지금 여기 폴로 공국의 전쟁 기록관이 되고 나서 보니 그런 것들은 몸과 마음을 다해 추구할 것들은 아닌 것 같습니다. 저는 여기 생활에 아주 크게 만족하고 있습니다.

꾸며낸 말이 아니라 진정 스탐노스는 예전에 없던 안온한 모습을 보이고 있었다. 에이어리가 만났던 스탐노스는 황제와 같은 핏줄이라는 이유로 급격히 승진하는 바람에 정신을 차릴 수 없던 시절을 겪었는데 시간이 지나면서 그 영향이 다 증발해 다시 본래의 모습만 남은 듯했다.

세 사람은 한동안 말없이 괴물손 차를 마셨다. 주로 플리니 공국 주변에서나 마시는 것이 폴로 공국까지 흘러가게 된 것은 아크마트 대공 덕분이었다. 그는 스타인 북쪽 땅을 헤매다가 추위에 언 몸을 괴물손 차를 대접받아 녹인 일이 있었다. 이후로 겨울만 되면 그 차를 마시고 대접하는 것이 작은 취미가 되었다.

세 사람이 그렇게 무료한 시간을 보내고 있는데 새로 나타난 사람이 손님들을 놀라게 했다.

– 당신은 분명?

– 저를 어떻게 기억하고 계실지 압니다. 슈타이어의 세 용사 중 하나였던 모제스입니다.

– 그런데 어떻게 여기에?

모제스는 당황하지 않고 모든 사연을 에이어리에게 들려주었다. 스탐노스는 당연히 다 아는 이야기였고, 아리셀리스는 곁에서 듣는 것으로 만족했다.

–그러면 슈타이어의 세 용사는 어떻게 되는 건가요?

에이어리는 직설적으로 물었고 모제스가 대답을 회피하는 것으로 보아 아직 그 문제에 대한 결론은 나오지 않았음을 알 수 있었다. 에이어리도 눈치를 봐서 더 캐묻는 것은 그만두었다. 스탐노스와 모제스는 예전의 인연으로 에이어리와 아리셀리스의 접대를 맡은 모양이었고, 두 사람이 아루에 골짜기에서 얻은 피로에서 회복될 수 있도록 사소한 조치까지 잊지 않았다.

몸이 추위를 잊은 다음에는 드디어 아크마트 대공과의 접견이 기다리고 있었다. 에이어리와 아리셀리스는 화려하지 않지만 세심하게 꾸며진 곳으로 안내받았는데 그런 것이 아크마트의 취향인 것을 금방 알 수 있었다.

–두 분을 뵙게 되어 영광입니다. 제가 폴로 공국을 맡은 아크마트입니다.

둘이서 따로 이야기를 나눈 적은 없었지만 에이어리와 아리셀리스는 이미 한 가지 사실에 동의하고 있었는데 아크마트를 그들의 적이라고 생각해야 한다는 것이었다. 그러나 막상 그의 강건한 육체와 멋들어진 콧수염을 빼고 보더라도 정중한 자세와 진지한 태도를 보고 감탄하지 않기란 어려웠다. 그는 말수가 많지도 적지도 않았지만 나오는 말들은 진부하거나 억지로 길게 이어지는 느낌이 없었다. 에이어리는 아리셀리스의 얼굴을 확인하고 그도 같은 인상을 받았다는 것을 알았다.

그들의 대화는 오전부터 시작해서 밤까지 계속되었는데 화장실에 가는 시간을 빼고는 멈추는 일이 없었다. 식사와 음료가 계속해서 그들이 있는 방으로 날라져 왔다. 아크마트의 식견과 경험은 듣고 또 들어도 질리지 않는 것이라 나오는 말의 절반은 그의 것이었고, 나머지 반을 손님들이 나누어 차지하는 형편이었다.

아크마트 역시 두 사람과의 대화가 재미있었는지 다음 날에도 같은 방식으로 하루를 보낼 것을 요청했다. 에이어리와 아리셀리스는 거절할 수 없었다. 결국 내리 사흘을 그렇게 보낸 다음에야 아크마트가 속마음을 털어놓았다.

-지금 제국은 큰 전쟁을 앞두고 있습니다. 스스로를 에젠공이라고 자처하는 오셀롯, 전임 황제가 다시 제국을 삼키려고 부대를 모으고 있습니다. 봄이 되면 망설임 없이 짓쳐들어올 그의 부대에는 루 도인까지 합세해 있다고 합니다.

루 도인이라는 말에 에이어리는 흠칫 몸을 떨었다. 그가 아는 루 도인이라고는 까마귀들의 수장인 작이 전부였다. 그 사실을 아크마트에게 폭로해도 괜찮을까? 에이어리는 잠시 고민하다가 지금은 때가 아니라고 결론을 내렸다.

아크마트가 입수한 정보는 상대의 군세를 정확하게 파악하고 있었다. 민간에 떠도는 소문처럼 악마가 섞여 있다는 식의 과장은 없었다. 악마를 자기 편으로 만드는 것은 옛날이야기에나 나오지 마법사 중 가장 강한 힘을 가진 아리셀리스에게도 불가능한 일이었다.

−그래서 스타인 관련 정책에도 변화가 생겼습니다. 두 분이 어째서 저를 찾아오셨는지 잘 알고 있습니다. 며칠 전 눈을 뚫고 도착한 황제의 새로운 명령을 받들자면 이제 스타인의 반란 세력을 무찌르는 일은 우선순위에서 밀려났습니다.

−그렇다면요?

에이어리가 반색을 숨기지 못하고 물었다.

−일단은 스타인 전역에 평화가 찾아올 것입니다. 그리고 만약 옛 스타인에 속하는 나라들이 전쟁에 참여해서 우리를 지원한다면 독립을 보장하기로 되어 있습니다.

−그 정도로 전망이 좋지 않은 겁니까?

−그렇습니다, 아리셀리스 님. 두 분은 제국의 체제에 대해서는 관심이 없으시겠지만 제국은 외부의 적으로부터는 안전한 편입니다. 주변 국가들은 제국의 힘을 넘을 수 없고 제 고향과 가까운 북쪽 산맥들은 외부의 침입을 막아 주지요. 만약

제국이 무너진다면 그 동력은 오히려 내부의 세력에서 나올 겁니다.

-그렇군요.

아리셀리스가 고개를 끄덕였다.

-황제가 까마귀들을 곁에 두었던 것도 처음에는 제국 정예군을 견제할 세력을 만들기 위해서였다는 말이 있습니다. 그래서 제국 정예군을 나누어 주둔시키는 것이 기본적인 운영 방침입니다. 절반은 수도 근방에 작은 부대 단위로 나누어 놓고 나머지 절반은 수도에서 멀리 떨어진 곳에 배치해서 반란의 가능성을 차단하는 거지요.

-하필이면 그 장소가.

아크마트가 아리셀리스의 말을 이어 나갔다.

-아시다시피 에젠성입니다. 그곳도 과거에는 수도였던 곳이라 대부대가 주둔하기에 적당한 환경이지요. 에젠 대공 그라스 시비스는 옛 황제를 충실하게 따르던 자라 자기가 지휘하던 제국 정예군 절반을 오셀롯에게 고스란히 넘겨준 것입니다. 거기에 루 도인과 놋 같은 나라들이 결합한다면 그 세력은 우리의 전력을 넘어설지언정 그보다 못하지 않습니다.

이야기를 들으면서 에이어리와 아리셀리스는 입맛을 몇 번 다셨을 뿐 아무 말도 덧붙이지 않았다. 그들은 인간 중에서는 고귀한 취급을 받는 사람들이었지만 나라와 나라의 전쟁, 정치와 권력에 관한 이야기 앞에서 위축되기는 마찬가지였다.

–제가 두 분께 부탁드릴 것은 스타인에 관한 것이 아닙니다. 스타인은 황제가 베푸신 제안을 거절하지 않을 겁니다.

–그러면요?

아크마트는 그답지 않게 망설이다가 질문한 대장장이 왕을 더 기다리게 할 수 없음을 깨닫고 말을 꺼냈다.

–현재 각 나라의 상황을 살피자면 젤레즈니는 우리 조건을 받아들여 힘을 빌려주기로 결정된 상황입니다. 스타인과는 지금부터 협상을 벌여야 하지요. 애커는 일단 중립을 표방하고 있으나 대가를 더 많이 제시하는 쪽에 붙을 겁니다. 반대로 놋은 확실히 오셀롯의 반란군에 붙었습니다.

에이어리는 젤레즈니라는 말을 듣고 다시 여왕을 생각했다. 솔직히 말하면 이제는 얼굴도 어렴풋한 기억으로 남은 사람이었다.

–루 도인도 오셀롯을 섬기나 그 땅의 모든 이들이 거기에 찬성하지는 않을 것입니다. 아리셀리스 님의 나라는 오셀롯을 따르지 않을 거라고 예상합니다.

–형이라면 중립을 표방하거나 제국을 지원할 겁니다.

–그렇다면 큰 힘이 되겠지요. 이제 남은 나라는 여기서 북

쪽에 있는 자유 동맹뿐인데 그곳의 지도자들은 제국의 사절을 만나는 것조차 거부하고 있습니다.

자유 동맹은 이름에서 풍기는 분위기와 다르게 외부에 폐쇄적인 나라였다. 그들은 온갖 기예가 담긴 물건을 생산해서 제국에 수출하는 것으로만 알려져 있었다. 그들이 외부에 개방적이지 않은 것은 그들의 기술이 유출되는 것을 막기 위함이라고 했다. 에이어리가 대장장이 왕이 되기 위한 수업을 받을 때 각 나라에 대한 온갖 지식을 배웠지만 자유 동맹에 대한 것은 확연히 양이 적었다.

-어째서 자유 동맹에 대한 정보가 적은 거죠, 스승님?

-그들은 비밀주의라서 그렇다.

-그럼 스승님도 가 보신 적이 없으세요?

-딱 한 번 있지.

-어떤 나라였어요?

-음, 말로 설명하는 것보다 네가 직접 가 보는 게 좋을 거다. 가면 놀라게 될 거야. 그러나 놀란 티는 내지 마라. 그들의 지도자는 그런 걸 싫어하거든.

오카브는 지도자들이라는 표현 대신 지도자라는 표현을 썼었다. 대화는 시간이 지나면서 에이어리의 기억 한 구석에 묻혔는데 어린 에이어리는 제국이나 젤레즈니, 마법사 왕국에 가고 싶은 마음이 더 앞섰던 까닭이었다.

–무슨 생각을 그렇게 하십니까?

–아, 예전에 스승님이 자유 동맹에 대해서 하신 말씀을 떠올리고 있었어요. 그분이 말씀하시길 직접 방문하기 전에는 알 수 없는 것이 많지만 가 보기만 하면 많은 것을 알게 될 거라고 하셨죠.

–스승이라고 하면 분명.

에이어리는 가볍게 머리를 흔들었다.

–맞아요, 제국에서는 카부스빌의 학살자라는 별명을 가진 분이죠.

아크마트가 황급히 대답했다.

–그러나 저는 그분이 학살자라고 생각하지는 않습니다. 그건 전쟁이었고 제국이 패한 겁니다. 제국은 몇백 년 동안 전쟁에서 진 적이 없었기 때문에 당황해서 그렇게 반응한 겁니다. 사실 제국이 젤레즈니나 스타인에 끼친 피해가 그보다 작다고 할 수도 없지요.

스타인을 침략한 황제의 신하에게서 그런 담담한 고백을 듣고 있자니 에이어리와 아리셀리스는 눈알을 굴리며 당황하지 않을 수 없었다.

–그러나 걱정하지 마십시오. 그 문제는 영구적으로 해결되

었습니다.

에이어리가 대장장이 왕으로서의 체통을 잊고 어린아이처럼 그게 무슨 뜻이냐고 물었다. 황제의 총애를 받아 모든 정보를 능숙하게 다루는 아크마트는 젤레즈니 여왕과 황제의 협상 내용을 들려주었다.

-젤레즈니가 제국의 동맹이 되는 조건에 제국이 스승님을 사면하는 게 들어 있었다는 말이죠? 물론, 물론 스승님은 사면받을 일을 하지 않으셨지만요.

-그렇습니다. 어쩌면 본인이 이미 그 소식을 직접 접하셨을지도 모르겠습니다.

아크마트는 에이어리가 즐거워하도록 가만히 있다가 그의 기쁨이 마침내 앙금처럼 마음 바닥으로 가라앉는 것을 눈치채고 그윽한 태도로 말했다.

-이제 제국과 대장장이 왕의 관계는 이전과 같지 않을 것입니다. 그러니 대장장이 왕께서 자유 동맹에 가 주시는 것이 어떻습니까? 물론 이 전쟁은 제국 내부의 전쟁이나 가만히 놓아두면 모든 나라에 영향을 끼치는 큰 전쟁이 될 것입니다. 실제로 오셀롯의 야망은 모든 나라를 다시 제국의 이름 아래 통일하는 것에 있습니다.

대장장이 왕이 데스커드의 부재를 느낀 것은 바로 그 순간이었다. 데스커드는 경호원이었고 주된 임무는 왕의 육체를 안전하게 지키는 것이었다. 그리고 언제나 대장장이 왕의 대화 상대가 되어 주기도 했는데 대장장이 왕은 그와 대화하다 보면 생각이 정리되는 것을 느낄 수 있었다. 이번에는 제안을 받자마자 데스커드가 없다는 생각이 든 대장장이 왕은 혼자 모든 것을 결정해야 하니 막막한 느낌을 받았다.

–지금 제 경호원이 스타인에 있습니다. 그가 돌아오기까지 며칠 여유를 가지고 생각했으면 합니다.

–데스커드 님 말씀이시군요.

–그 이름을 어떻게 아십니까?

–대장장이 왕에게 관심이 있는 사람은 자연히 그 이름을 듣게 됩니다. 그 무용은 알게 모르게 소문이 퍼져 있지요.

–데스커드의 실력이 탁월한 것은 사실이지만 소문이 퍼질 정도로 대단한 일을 한 적이 아직 없는데요.

아크마트는 호탕하게 웃어 버리고 에이어리의 말에 대한 즉답을 피했다. 대신 그는 저녁 식사에 에이어리와 아리셀리스를 초대했다. 주로 이야기를 듣기만 하던 아리셀리스가 먼저 승낙하고 에이어리는 이마를 찌푸리며 생각에 잠긴 다음에야 고개를 끄덕였다.

그로부터 사흘 동안 두 사람은 매번 아크마트의 개인적인 저녁 식사에 함께해 극진한 대접을 받았다. 아크마트는 항상 부인과 아들 모제스와 함께 나타나서 단란한 가정의 모습을 보여 주었다. 모제스가 에이어리의 시선을 느껴서 조금 부자연스러운 모습을 보여 주기는 했지만 아무튼 그들은 오래 전부터 함께 지낸 가족 같았다.

그렇다면 슈타이어의 세 용사는 이제 끝난 건가? 에이어리의 머릿속에서는 그 질문이 아직도 사라지지 않았지만 바깥으로 나오지는 못했다.

사흘이 지나도 데스커드와 투란은 나타날 기미를 보이지 않았다. 다사를 찾는 일에 실패했는지, 혹은 다른 일이 생겼는지 알 도리가 없었다.

–아마 그들은 아루에에 쌓인 눈이 녹을 때까지는 오기 어려울 겁니다.

아크마트는 에이어리의 걱정을 눈치채고 지나가는 말로 의견을 피력했다. 하기는 대장장이 왕과 세상에서 제일가는 마법사가 간신히 뚫어낸 길을 데스커드와 투란이 뚫기는 어려웠다.

설상가상으로 며칠이 지나자 아리셀리스가 돌아가겠다는 의사를 전했다. 그는 에이어리의 실망을 눈치채고 미안한 기색을 숨기지 않았다.

-스타인 문제를 해결했으니 용건을 마쳤다고 서둘러 떠나는 것이 아닙니다. 대장장이 왕과 함께 자유 동맹에 가고 싶은 마음이나 제 나라에서 형의 신변에 문제가 생길 것 같습니다. 아시다시피 저는 형과 연결되어 있습니다. 그래서 더 늦기 전에 형을 만나야 합니다.

에이어리는 그가 하찮은 핑계를 댈 사람이 아니라는 것을 믿고 배웅했다. 아리셀리스는 인사를 마치자마자 하늘로 솟구치듯 날아가 버렸다. 그 모습을 보고 에이어리는 푸념 아닌 푸념을 내뱉었다.

-저렇게 할 수 있었으면 골짜기를 혼자 넘는 것은 아무 문제도 아니었겠네. 마법사들이란 정말.

에이어리는 대장장이 왕이 된 후 처음으로 홀로 남은 것을 실감했다.

자유 동맹이 제국의 간섭을 받지 않는 대가로

매년 막대한 금액을 지불한다는 소문이 있다.

비판적인 사람들은 그것이 사실이라면 자유 동맹의 자유가

돈으로 산 자유가 아니겠느냐고 조롱한다.

자유 동맹은 소문에 대해 긍정도 부정도 하지 않는다.

XIII

# 카르멘이 카분의 초대를 받아들이고 하늘이 육각형으로 변한다

-젊은 나이부터 이마에 주름을 만드는 것은 좋지 않습니다. 한번 굳어진 얼굴을 되돌리기란 쉽지 않지요. 제 눈가의 주름은 그런 실패의 흔적입니다.

사파이어 가스파르가 그런 말을 농담처럼 꺼낸 것은 저녁 식사 시간 내내 눈에 띄는 카르멘의 고뇌가 주변 사람들에게 전염되는 까닭이었다. 그는 식사의 주최자로서 분위기를 다스릴 의무도 지고 있었다.

마법사 왕국에서는 신분이나 지위가 낮은 사람이 자기보다 높은 사람을 식사에 초대할 수 없었다. 그러나 사파이어 가문의 수장인 가스파르라면 왕인 라토를 제외하고는 누구든지 초청하는 것이 가능했다. 식탁에 앉은 사람은 주로 사파이어와 에메랄드와 루비 출신의 실력자들이었다. 다이아몬드와 오닉스와 오팔은 아무도 초대받지 못했는데 요새 분위기를 봐서는 특별한 일도 아니었다.

사파이어의 농담이 전혀 엉뚱한 것은 아니었다. 그는 정말로 양쪽 눈 바깥쪽으로부터 여러 갈래로 파인 깊고 진한 주름이 있었다. 친구에게는 인자함의 상징이고, 적에게는 예리한 칼날처럼 보였다. 다행히 그에게는 적이 별로 없었다.

–초대해 주신 분께 무례를 저질렀다면 사과드려야겠군요, 가스파르 님. 저는 심각한 고민에 빠진 것이 아니라 어떤 일을 깊게 생각하고 있었습니다. 그게 다른 분들께는 오해를 사는 일이라는 것을 잠시 잊고요.

–어떤 일을 그렇게 깊이 생각하셨습니까?

–왕께서 건강을 회복하신 후에도 아리셀리스 님과 외모가 같은 것이 아니라 10년쯤 나이가 들어 보이시는 것에 대해서요. 아리셀리스 님도 10년이 지나면 그런 외모가 되실 것인지 답을 찾으려고 했어요. 하지만 역시 답을 내릴 수가 없네요.

카르멘의 고민은 그렇게 단순한 것이 아니었지만 어쨌든 그녀의 재치 있는 답변은 사람들 사이에 여러 의견이 오가기 아주 적절한 것이었다.

–거기에 대해서라면 저도 할 말이 있습니다.

에메랄드 출신의 남자가 가장 먼저 나섰는데 그는 언제나 사람들을 흥겹게 해 준다는 평판이 자자해 여러 자리에 자주 초대되는 사람이었다.

-그걸 확인하기란 아주 간단한 일이란 말이지요. 아시다시피 마법으로 늙은 사람을 젊게 만드는 것은 불가능하지만 젊은 사람을 늙게 만드는 것은 얼마든지 가능합니다. 그러니까 아리셀리스 님을 데리고 와서 마법을 한번 걸어 보면 쉽게 알 수 있을 겁니다.

-에잇, 10년으로는 부족할 겁니다. 아리셀리스 님은 20년 정도 지나야 그렇게 될걸요?

다른 사람이 그렇게 맞받아치자 처음 말을 꺼낸 사람은 과장되게 시무룩해졌다.

-아리셀리스 님을 20년이나 늙게 하다니, 그랬다가는 그 분이 나를 돼지로 만들어 카니세리움의 먹이로 주실걸?

남자가 그 말을 하면서 익살스럽게 배를 두드리는 바람에 사람들은 웃음을 참을 수 없었다. 카르멘은 어색했던 분위기가 잘 넘어간 것에 안도하며 웃음에 합류했다.

한창 왁자지껄한 분위기가 지속되자 카르멘은 다시 혼자만의 생각에 빠질 수 있었다. 그러나 가스파르는 그녀를 혼자 놓아두려고 하지 않았다. 평소의 가스파르답지 않은 과감한 태도였는데 카르멘이 보기에는 그의 얼굴을 감도는 불쾌한 기운과 무관하지 않았다.

-루비의 젊은 지도자여, 무엇을 그렇게 고민하십니까? 왕

은 힘을 되찾았고 우리 마법사 왕국은 전쟁 중에도 피해를 받지 않을 겁니다.

그렇게 말하는 가스파르의 손에는 여전히 잔이 들려 있었다. 다양한 색상의 보석을 박아 장식한 호화로운 금잔에서 사파이어와 함께 박힌 붉은 루비를 확인할 수 있었다.

–가스파르 님, 저는 제 걱정의 절반도 이해할 수 없습니다. 그러나 모든 것이 완전하게 자리 잡았다는 말씀에는 동의하지 못하겠어요. 정체를 알 수 없는 악이 우리 사이에 똬리를 틀고 먹잇감을 찾는다는 생각이 들지 않으시나요?

–그런 감정은 젊음의 한가운데에서 결코 떠나지 않는 것입니다. 그러나 정체를 파악할 수 없는 감정이 있다면 그것에 연연해서 붙잡고 있는 것이 무슨 소용이 있겠습니까? 감정은 생기를 더해 주지 않고 홀로 두면 기운을 잃고 사그라집니다.

–옳은 말씀이에요.

카르멘이 그렇게 대답하며 억지로 미소를 지었을 때 누군가가 와서 가스파르의 귀에 한두 마디를 속삭였고 카르멘이 원하던 바는 아니었지만 가스파르의 평온함도 그 순간부터 심각하게 금이 간 물건이 되었다.

–어떻게 그런 일이.

가스파르가 말한 그런 일이 어떤 일인지는 금방 확인할 수 있었다. 머리 장식이 화려하기로는 제국에도 뒤지지 않는다는 다이아몬드 가문의 수장이 망설이지 않고 연회장에 나타난 덕분이었다.

–다이아몬드 카분.

루비 카르멘은 혹시나 해서 그녀의 곁을 살폈지만 얼간이 같은 아들은 그녀와 동행하지 않았다. 카르멘은 그녀가 온 것이 예의에 어긋난다는 생각은 조금도 하지 않았는데 사파이어 가스파르는 균형을 중시하는 사람이고 분명 자신을 제외한 네 가문의 수장들에게 모두 초대장을 보냈을 터였다. 에메랄드 가문의 수장인 라토는 그보다 신분이 높으니 초대할 수 없었다.

가스파르가 실제로 초대에 응할 거라는 기대로 다이아몬드 카분과 오닉스 치안출과 오팔 타리크에게 초대장을 보낸 것은 아니었다. 그저 사파이어의 전통과 명성을 유지하기 위한 요식적인 행위였다. 그리고 거기에 다이아몬드 카분이 응했다는 것은 사파이어의 이름을 높여 주는 일과는 무관하게 어떤 목적이 있었다. 마법사 왕국에 사는 어린아이라도 그 정도는 알 수 있었다.

사파이어 가스파르는 손님을 냉대하거나 무안을 주는 것은 꿈에서도 하지 않는 사람이었다. 그는 몸소 자리에서 일어나

문가로 다가간 다음 다이아몬드 카분을 맞이했는데 마치 매주 식사 초대에 응하는 손님을 대하는 것처럼 자연스러웠다. 그는 다이아몬드 카분에게 좋은 자리가 이미 찬 것을 사과하면서 한편으로 그녀의 머리 장식을 칭찬했다.

머리 뒤에 커다란 장식물을 세워 목을 꼿꼿하게 하고 장식물에 머리카락을 감는 것은 제국의 귀족 문화로 마법사 왕국에서는 따르는 이가 거의 없었다. 다이아몬드 가문의 여자들 중에는 몇몇 흉내 내는 이들도 있었으나 다른 가문에서는 그것이 카분을 흠모한다는 뜻으로 비칠까 두려워했다. 머리 장식조차 정치적인 의미를 띠는 것은 마법사 왕국에 한정된 일이 아니었다. 그러나 카르멘이나 라토나 아리셀리스 같은 이들에게는 그것이 자기가 태어난 땅에 염증을 느끼는 원인이 되었다.

공교롭게도 빈자리는 카르멘의 옆에 하나 남아 있었다. 식사 중간에 일이 생긴 사람 하나가 돌아간 탓이었다. 그는 돌아가기 전 가스파르에게 두세 번 고개를 숙여 거듭 사과했는데 가스파르가 그 일로 자신을 내치지 않고 또 초대하기를 바라는 간절함이 담겨 있었다.

카분이 자리에 앉자마자 모두의 시선이 그녀에게 쏠리고 그녀가 하는 말에 귀를 기울이는 바람에 조금 전의 떠들썩한 분위기는 사라져 버렸다. 다이아몬드 카분은 당황하지 않고 자기 몫의 음식을 천천히 먹으며 옆에 앉은 사람, 루비 카르멘을 살피고 있었다.

–새삼 다시 봐도 정말 젊으시군요, 루비. 그렇게 젊은 나이에 루비 가문 전체의 수장이 되다니 놀라운 일이에요.

루비 카르멘은 그 말을 전부 칭찬으로 받아들이기 어려웠다. 한때 루비 카분이었던 사람이 아닌가.

–운이 좋았을 뿐입니다.

틀린 말은 아니었다. 그녀가 수장이 된 것은 루비 가문 안의 권력 투쟁에서 기인했는데 서로 견제하는 가운데 한쪽이 권력을 독차지하는 것을 참을 수 없었던 노인들이 카르멘을 그 자리에 앉혀 놓고 좌지우지하려는 목적으로 일어난 일이었다. 젊은이에게 높은 자리를 양보하는 노인들은 대개 그런 속셈을 품는 일이 많았다.

그러나 카르멘은 젊은이치고는 노련했고 그녀의 경쟁자들은 수명의 축복을 충분히 받지 못했다. 그들은 카르멘을 다시 끌어내리려고 시도하다가 병마로 싸움 상대를 바꾸었고 하나 둘씩 쓰러졌다. 그 과정에서 그녀가 에메랄드 왕 라토의 친구라는 사실도 중요하게 작용했다.

–알고 있겠지만 나는 루비 출신이에요.

카르멘은 물론 알고 있었다.

–내가 만약 루비에 남아 있었다면 나도 경쟁자로 나섰을지 몰라요.

카르멘은 권력이 인간의 모습으로 화한 것이나 마찬가지인 손재에게 그 노련한 사람들이 힘을 주었을지 의문이었다. 반대로 카르멘은 왕의 소꿉친구이자 아무것도 모르는 해맑은 젊은이인 척 행동했었다. 그들이 속았다는 것을 깨달았을 때는 이미 루비 카르멘을 끌어내릴 수단이 남아 있지 않게 된 다음이었다.

–그러고 보니 우리 둘은 아직 단 한 번도 따로 만난 적이 없군요. 내가 한번 식사에 초대하겠어요.

둘은 동등한 지위에 있으니 예절에는 문제 될 것이 없었다. 카르멘은 다이아몬드 카분이 가스파르의 초대에 응한 것이 자신을 만나기 위한 것임을 눈치챘다. 다만 그 속셈까지는 알 수 없었다.

다이아몬드 카분은 루비 카르멘이 주로 듣기만 하는 것을 상관하지 않고 그녀에게 계속 떠들어 댔다. 알맹이가 없기에 숨죽이고 듣던 사람들은 금방 흥미를 잃고 다시 각자의 관심사로 돌아가 버렸다.

그날 사파이어 가스파르가 준비한 작은 연회가 끝나기까지 한때 루비 카분이었던 다이아몬드 카분이 관심을 보이고 또 말을 건 사람은 루비 카르멘뿐이었다. 그녀는 카르멘을 만나러 왔다는 속셈을 감추지 않았는데, 그런 솔직한 모습은 카분의 평소 행동과 어울리지 않고 오히려 다이아몬드 가문의 신념에 가까웠다.

–무슨 속셈인지 몰라도 그 여자는 나를 노리고 있어. 나를 위한 일은 아닐 거야. 나를 이용하려고 하는 것뿐이지.

루비 카르멘이 스스로 그렇게 되뇌며 경계를 다짐했지만 공격의 정체를 모르고서는 방어할 방법도 많지 않았다. 그녀의 머리를 지끈지끈하게 만드는 사흘이 지나고 나서 마침내 촛불 하나가 도착했다. 마법이 깃든 물건으로 읽고 나면 저절로 불타 버리는 편지였다.

내용은 예고한 대로 카르멘을 저녁 식사에 초대하는 것이었다. 반드시 그녀 혼자만 왔으면 좋겠다는 내용이 붙어 있었다. 편지는 그녀가 다 읽었다는 사실을 귀신같이 알아채고 내용을 곱씹을 여유도 주지 않은 채 공중에서 불타오르기 시작했다. 연기와 함께 달콤한 향이 났는데 평소에 그리 싫어하지 않고 즐기던 냄새였지만 지금은 그 속에 독이라도 든 것 같아 콧속이 찝찝해졌다.

–내가 돌아오지 않으면 암살당했다고 생각해.

카르멘이 어렸을 적부터 곁을 지키며 오랫동안 보필해 온 하인은 그 말을 듣고 살며시 미소 지을 뿐이었다. 그는 카르멘이 유일하게 마음을 터놓을 수 있는 상대이기도 했으나 루비는 아니었다. 성은 귀족에게만 부여되는 것이라 루비 가문에 속한 하인들은 루비가 될 수 없었다.

그의 이름은 앱텀이었다. 마법사 왕국에서 태어난 것은 아니고 젊은 시절을 제국에서 허비하다가 왕국까지 흘러들어 카르멘의 아버지를 모시게 되었다. 잘은 모르지만 제국에서 중죄를 저지른 것 같다는 소문이 있었는데 그의 신중한 태도와 충직한 마음을 좋게 본 카르멘의 아버지는 그를 신뢰하게 되었다.

–우리가 모르는 죄로 그를 다시 제국으로 내쫓을 수는 없는 일 아니겠니? 너도 이다음에 저 친구가 필요하게 될 거다.

아버지의 말은 미래를 예측한 것처럼 꼭 들어맞았는데 루비의 외로운 지도자가 된 다음에 루비라는 성을 가진 사람은 믿을 수 없게 된 카르멘이 유일하게 마음을 나눌 수 있는 상대가 앱텀이었다. 그가 고귀한 신분이었다면 오히려 불가능한 일이었다.

–앱텀, 뭐라고 말 좀 해 봐. 내가 저 사악한 마녀의 초대에 응해야 할까?

마법사 왕국에서 마녀라는 말은 비하의 표현으로만 사용되었다. 옛날이야기에서나 사람을 동물로 바꾸고 재앙을 일으키는 마녀가 나왔다. 그것조차 마법사 왕국의 어린이들은 자기 전에 듣지 못하는 이야기였다.

앱텀은 집안을 다스리는 사람답게 이곳저곳을 훑으며 지시를 내리는 중이었으나 어린 시절에 그랬던 것처럼 자신을 따라다니며 계속 말을 거는 젊은 주인을 더는 무시하기 어려워 대답했다.

– 예전에 아버님께서 하신 말씀이 있습니다. 초대받았으면 거절하지 않는 것이 마법사 왕국의 오랜 전통이라고요.

– 비록 적이라고 해도 말이지?

– 비록 적이라고 해도 그렇습니다. 그러나 사실 저도 조금은 걱정이 됩니다. 다이아몬드 카분 님은 쓸데없는 일은 하지 않는다고 알려져 있는데 주인님을 초대해서 어떤 이익을 얻으려는 걸까요? 그게 주인님에게도 이익이 되는 일일까요?

그 대답은 사흘이 지난 후 다이아몬드 카분이 초대한 저녁 식사에서 드러나게 되는데 그녀가 카르멘에게 온화한 표정으로 제안할 때 앱텀이 말했던 이익이 구체적으로 드러났다.

– 루비의 수장 카르멘, 다이아몬드의 수장인 나, 우리 둘이 힘을 합친다면, 루비와 다이아몬드가 하나가 된다면 이 나라

를 가질 수 있어요. 누구도 더 필요하지 않아요. 나도 한때 루비였으니 루비의 승리가 되는 거죠. 그대는 그런 일을 꿈꾼 적이 없나요?

카분은 술에 취해 발그스름해진 얼굴로 딱딱한 모습을 벗어 던지고 마치 카르멘의 언니나 이모라도 되는 것처럼 친근하게 물었다. 평소의 모습은 가면에 불과하고 그것이 진짜 자기라고 주장하는 것 같았다. 카르멘 역시 술기운이 뇌를 감싸고 있어서 그 진의를 단숨에 파악하지 못하고 어지러웠다.

–그건 어려운 일이에요.

시간이 좀 지나서 카분이 다시 물었다.

–카르멘, 왕의 친구라는 역할로 만족하나요? 그대가 왕이 될 수도 있는데요?

–제가 왕이 된다면 그쪽은 무엇을 얻는 거죠? 다이아몬드의 수장이 남에게만 좋은 일을 할 것 같지는 않은데요?

그때까지 카르멘의 대답은 가까스로 논리적인 구성을 따르고 있었다. 술을 몇 잔 마시지도 않았는데 취한 것이 이상스러웠다. 그렇다고 술에 조작을 가한 것 같지는 않았다. 암살 위협에 시달리는 가문의 수장들은 먹고 마실 때마다 각별히 주의하는 버릇이 배어 있었다.

–그렇다면 어쩔 수 없군요. 같은 편이 되고 싶었는데.

–우리는 왕 아래에서 다 같은 편이 되어야 해요. 마법사 왕국은 통일된 힘을 갖추어야 해요.

카르멘이 기억하는 마지막 말이 그것이었다. 카분은 정체를 알 수 없는 미소를 지으며 고개를 끄덕였다. 비웃는 것도 아니고 동의하는 것도 아니었다.

배웅을 받으며 다이아몬드의 집을 나선 다음 카르멘은 걸어서인지, 혹은 말을 탔는지, 마차에 몸을 실었는지, 기억이 나지 않는 수단으로 돌아갔는데, 돌아갔는데, 돌아갔는데.

카르멘이 정신을 차리고 하늘을 보았을 때 하늘은 꼭짓점을 모두 연결한 육각형이 끝없이 이어져 있는 모양이었다. 육각형을 이루는 선들은 더 넓고 선명한 대신 내부의 꼭짓점끼리 연결한 선은 너비가 좁고 희미하게 보였다. 조각들 뒤에 푸른 태양이 있는 것처럼 파르스름한 빛이 새어 나오고 있었다. 똑바로 보아도 눈이 부시지는 않았다.

끝없이 펼쳐진 하늘의 선을 보고 있자니 눈물이 날 만큼 어지러웠다. 카르멘은 자신이 보고 있는 것이 실재한다고 생각할 수 없었다. 눈을 감고 모든 시각적인 속임수를 차단하는 루비의 비술을 사용한 다음 눈을 떴지만 풍경은 그대로였다.

조각조각 이어붙인 하늘 아래 땅은 존재하지 않았다. 그저 구름 같기도 하고 연기 같기도 한 암흑이 전부였는데 그것을 암흑이 존재한다고 해야 할지 아니면 아무것도 없는 무의 상태라고 불러야 할지 알 수 없었다.

카르멘은 가만히 있어야 할지 혹 걸어야 할지도 확신하지 못했다. 그래서 몇 걸음 앞으로 나갔다가 겁쟁이처럼 되돌아오는 일을 반복했다. 아무것에도 확신이 생기지 않았고 가슴은 두려운 마음으로 가득 차서 숨을 내쉴 때마다 몸이 떨렸다.

조금 쉬어야겠어. 가만히 있어도 주변 풍경이 자기를 잡아먹지 않는다는 것을 확신한 다음 카르멘은 제자리에 털썩 주저앉아서 다시 눈을 감았다. 주위에 소리나 냄새는 없었다. 흐르는 바람도 없었는데 마법의 바람도 미세해서 대단한 마법을 사용하기는 도무지 불가능했다.

모든 감각을 확인하고 차단한 다음에야 비로소 상황을 되짚어 볼 수 있었다. 그녀가 있는 곳은 세상과 연결된 다른 세상이었고 그런 공간을 준비한 사람은 한 치의 의심도 없이 다이아몬드 카분이었다.

–하지만 어째서?

하늘과 땅만 존재할지언정 그런 세계를 유지하는 것은 막대한 힘이 필요했다. 카분이라면 고작해야 하루였다. 거기에 무슨 의미가 있을까?

카르멘은 스스로 끔찍한 대답을 떠올리고 감았던 눈을 떴다. 파국을, 파국을 피해야 한다. 다급한 마음에 두 손을 들어 마법의 바람을 휘저었다. 이 작은 세상을 찢고 부수려면 몇 시간 동안 힘을 모아야 할지 몰랐다.

저 멀리서 하늘을 이루는 조각 하나가 떨어졌다. 조각은 땅의 검은 기운에 그대로 삼켜져 소리를 내지 않았다. 하늘은 이미 붕괴하기 시작했다. 눈을 감은 카르멘으로서는 알 수 없는 노릇이었다.

흠 없이 이어진 하늘은

인간의 마법으로 만들어 낼 수 없는 것이다.

마법사는 조각을 하나씩 이어붙여

간신히 하늘 비슷한 것을 만들어 낼 수 있다.

그래서 마법사들은 예전부터 말하기를

가짜 세계에 갇혔는지 확인하려면 하늘을 보라고 했다.

마법사 왕국의 속담,

가짜 하늘은 만들 수 없다는 말도 여기에서 나왔다.

# XIV

# 바락 나지에가 자유 동맹의 수상한 대접을 마음에 들어 하지 않는다

300년 전 백성을 학대하는 포악한 왕이 사람들을 괴롭혔다. 세금을 무겁게 거두고 마음에 드는 여자가 있으면 결혼을 했건 하지 않았건 데려다가 첩으로 삼았다. 가지고 싶은 물건의 소문을 들으면 주인을 가리지 않고 강제로 빼앗았다. 사냥터를 만들려고 마을을 강제로 허물면서 사람들을 먼 곳으로 이주시켰다.

충언을 하는 사람들을 처음에는 채찍질하고 내쫓았다가 나중에 기억이 나면 다시 잡아들여 손목과 발목을 잘라 죽였다. 거리를 순찰하는 군인들은 왕을 욕하는 소리가 들리면 잡아들여 고문했다.

그 시절의 물은 왠지 모르게 쓴맛이 나고 봄에 피어나는 꽃은 색이 예전과 같지 않았다고 한다. 산에는 동물들의 흔적이 보이지 않았다. 그러자 산과 숲에 숨어 사는 괴물들이 민가까지 내려와 사람을 잡아먹으며 허기를 채웠다.

젊은 시절의 첫 황제는 군인도 아니고 아무것도 아니었지만 반란을 결심했다. 그는 스타인, 놋, 젤레즈니와 같은 평생의 신하들을 만나 차근차근 힘을 기르기 시작했다. 그리고 마침내 자기의 부하들에게도 신뢰를 잃은 왕을 공격해 승리를 거두었다. 당시 수도는 에젠 지방에 있었는데 황제는 그곳이 수도로 마땅하지 않다고 여겨 지금 자리로 수도를 옮겼다.

장군들에게 각자 땅을 나누어 주고 서로 왕래가 어렵지 않도록 막대한 자원을 들여 황제의 길, 혹은 황제의 대로를 건설했다. 그런 황제의 장군 중에 이름이 전해지지 않는 사람이 한 명 있다. 역사책에 따르면 그는 이렇게 말했다.

–사람들이 태어나서 이름을 떨치고 역사에 남아 대대손손으로 칭송받기를 삶의 목적으로 삼는데 저는 그런 일에 관심이 없습니다. 그러니 모든 책에서 제 이름을 지워 주십시오.

첫 황제는 그의 부탁을 들어주었다. 그는 자기가 받은 땅, 스타인과 젤레즈니 사이에 위치한 곳에 대해서도 놀라운 말을 했다.

–스타인과 젤레즈니는 성품이 온후하니 그 땅의 사람들도 그러할 것입니다. 그렇다면 전쟁이 없을 테니 강력한 왕도 필요하지 않습니다. 저는 왕이란 것이 되어 사람들을 다스리고 싶지 않습니다. 저들이 스스로 회의하고 지도자를 뽑아 나라

를 운영하게 해 주십시오.

그 파격적인 요청을 들어줄 것인가를 놓고 첫 황제는 며칠을 고민했다. 그러나 신하이자 친구의 뜻이 간절하고 또 당장 해가 될 것이 없어 마침내 허락했다.

그렇게 왕이 없는 나라가 태어났다. 대표로 뽑힌 사람들은 열띤 회의 끝에 그들이 사는 땅이 일반적인 나라와 같지 않으니 자유 동맹이라는 이름을 붙이기로 했다.

에이어리가 대장장이 왕이 되기 위한 과정에서 배운 지식은 거기까지였다. 자유 동맹에 관해서는 따로 알려진 사실이 별로 없었다. 녹처럼 폐쇄적인 나라도 아니고 사람들이 편하게 왕래하는데도 그랬다.

오카브는 자유 동맹에 대해 이렇게 경고한 일이 있었다.

–만약 그곳에 간다면 정신을 바짝 차리는 게 좋아. 그곳은 네가 생각하는 것과 전혀 다른 땅이란다. 책에 적힌 말처럼 사람들이 모든 것을 상의해서 결정하는 곳이 아니야. 옛이야기는 황당무계한 부분이 오히려 진실이고 의심할 필요도 없어 보이는 쪽이 완벽한 거짓일 수 있어.

그때보다 훌쩍 자란 에이어리는 스승의 말이 무슨 의미인지 드디어 어렴풋이 깨달을 수 있었다. 자유 동맹의 땅에 가까워지자 마을의 수가 점점 줄어 넓은 땅을 그냥 버려둔 꼴이 되었다. 제국 사람들이 어리석어서가 아니었다. 살갗에 닿는 묘한 기운은 바람 같기도 하고 눈에 보이지 않는 작은 벌레 같기도 했는데 피부를 끊임없이 간질였다.

-밤에 자다가 이런 기분을 느끼면 귀신이라도 온 줄 알겠네.

그렇게 말하며 팔을 쓰다듬어도 그때뿐이고 다시 이상한 감각이 돌아와 사람을 성가시게 했다. 사람만 불편하게 느끼는 것도 아닌지 마차에 매인 말들도 아까부터 몸을 뒤틀고 있었다. 마차는 포장하지 않은 길을 달리는 것처럼 덜컹거렸다.

-왜 이러는지 모르겠습니다.

마부가 자기 뒤에 난 창으로 얼굴을 내밀고 에이어리에게 양해를 구했다. 그의 두꺼운 입술이 작은 창에 꽉 차는 느낌이었다.

-모르긴 뭘 몰라? 아무리 둔해도 이걸 못 느끼는 거야?

-뭘요?

-아무 느낌도 없어?

-무슨 느낌이요?

-차라리 마차를 흔들어 대는 말이 더 낫군. 자네 피부는 돌을 갈아서 만들었어?

-사람 피부를 돌로 만들 수도 있어요?

데스커드라면 분명히 이상한 현상을 눈치채거나 그러지 못하더라도 더 재치 있는 말을 지껄였겠지. 그러나 에이어리는 그 생각을 인정하고 싶지 않아서 다시 깊숙이 묻어 두었다.

말들의 요동이 더 심해지자 마차는 임시로 멈췄다. 에이어리는 마부에게 남은 거리는 하룻길이니 걸어서 가겠다고 했다.

–그러면 제가 혼납니다. 무조건 자유 동맹 땅까지 모셔다 드리라고 했어요.

–그렇게 했다가는 돌아가는 길에 둘 중 하나를 가지고 갈 거야. 시달리다 죽은 내 시체 아니면 내가 배 속에서 꺼내 놓은 토사물. 어쩌면 둘 다 가지고 갈 수도 있고. 그러니까 나를 놓아주고 제발 얼른 가.

한참 실랑이한 끝에 마부는 여전히 몸을 들썩이는 말들을 데리고 돌아갔다. 에이어리는 식량을 비롯해 필요한 것들을 등에 짊어지고 생명체가 느껴지지 않는 아름다운 길을 홀로 걷기 시작했다.

–낯선 감각은 아니야. 분명히 전에도 비슷한 것을 느낀 적이 있어.

에이어리는 그 정체를 곰곰이 생각하며 하루를 걸었지만 끝내 떠오르는 것이 없었다. 그의 인생의 길이나 모험의 양을 생각하면 이토록 아득하게 느껴지는 것은 이상한 일이었다. 몇 시간을 꾸준히 걸었더니 피부의 이상한 감각은 날 때부터 그런 것처럼 익숙해졌다.

에이어리는 가르젠이나 데스커드처럼 체력이 넘치는 사람이 아니라 중간중간 앉아서 식사하고 쉴 시간이 필요했다.

–그 둘이라면 걷는 게 쉬는 일이고 식사는 걸으면서도 할 수 있다고 했겠지.

농담을 들어 주는 사람은커녕 짐승과 곤충도 느껴지지 않았다. 자기 혼자만 들을 수 있는 말을 늘어놓는 것은 에이어리의 취미가 아니었다. 그의 말수가 많아진 다음부터 언제나 데스커드가 곁에 있었다.

예상했던 것보다 시간이 더 걸려 밤이 찾아오자 에이어리는 곧바로 더 걷기를 포기하고 땅의 흙을 끌어 올려 하루를 머물 작은 집을 만들었다. 천막을 친 것처럼 넓은 바닥에서 시작해 끝이 뾰족한 모양이었다. 이음새는 물에 개어 만든 것처럼 매끈하고 흠이 없었다. 안에는 낮은 침상을 만들어 두었다.

다음 날 아침 에이어리는 얼굴을 때리는 낯선 느낌에 눈을 떴는데 다행히 천장에서 떨어진 조각이라는 것을 확인하고 안심했다.

–아니지, 안심할 일이 아니잖아?

천장을 살핀 다음 바깥으로 나가 보니 어젯밤 만든 흙집이 마치 몇 년은 지난 것처럼 깎이고 갈려 있었다. 에이어리는 깜짝 놀라서 자기 얼굴을 만져 보았는데 하룻밤 사이에 세월을 맞아 노인이 되었다는 이야기들이 생각나서였다. 다행히 부드러운 피부에는 변화가 없었다.

–이건 정말 있을 수 없는 일이야.

여전히 들어 주는 사람이 없었다. 에이어리는 마치 옛 건축물처럼 변해 버린 자신의 작품 주위를 한참 돌아다닌 끝에 특별한 힘이 작용했다기보다 정말 자연스럽게 바람과 비와 다른 자연 현상에 의해서 낡은 것 같다는 결론을 내렸다. 그런 결론이 나와서는 안 되었다.

아침을 먹고 나서 찜찜한 마음이 들어 흙집을 부수어 자연으로 돌아가게 했다. 에이어리는 복잡해진 머리로 다시 길을 떠났다. 덕분에 다리가 아픈 것은 신경 밖의 문제가 되어 부지런히 걸은 끝에 해가 하늘 꼭대기에 있을 때 자유 동맹의 국경이라고 할 수 있는 것에 닿았다.

성벽인지 담장인지 알 수 없는 것의 높이는 겨우 에이어리의 키 정도라서 군사적인 목적으로 지었다고는 생각할 수 없었다. 중간에 입구처럼 보이는 곳은 사람 다섯 명이 팔을 벌리고 서도 충분할 만큼 넓었다. 지키는 병사 같은 것도 보이지 않았다.

그러나 들어가는 사람도 나오는 사람도 주위에 없어서 방문자는 눈에 띄게 되어 있었다. 에이어리가 들어가자마자 옆에 붙어서 말을 거는 사람은 어깨를 부풀린 특이한 옷을 입고 있었는데도 정부 관리 냄새가 났다.

–어디서 오셨습니까?

깊이 생각하면 의심을 사기 때문에 사실대로 말하기로 했다.

–옛 스타인 땅입니다.

–이름은요?

–바락, 바락 나지에입니다.

–호, 귀족이시군요?

에이어리는 그냥 바락만 말할 걸 그랬다고 후회했다. 평소에 데스커드와 다니면서 항상 귀족 자제를 연기했으니 자기도 모르게 성까지 말하는 게 입에 붙어 있었다.

–몰락한 귀족은 귀족이 아니라 노예와 같은 신분이라고 누가 말했던데요? 쓸데없는 족쇄만 차고 있게 된다고요.

그 말은 상대의 마음에 든 것 같았다.

–그래서 자유 동맹에는 왜 오셨습니까?

–망한 귀족이 집을 떠나는 건 새로운 기회를 찾기 위해서

죠. 돈을 벌 기회 말이에요. 여기에는 굶어 죽는 사람이 없다고 하더군요.

–그건 맞는 말씀입니다, 바락 나지에 님. 자유 동맹에서는 누구도 굶어서 죽는 일이 없습니다. 그걸 용납하지 않으시죠.

–누가요?

–예?

–누가 용납하지 않는다는 거죠?

–제가 그런 말을 했습니까?

–했어요.

–자유 동맹의 모두가 그걸 용납하지 않는다는 말이었습니다. 보십시오, 제국과 비교하건대 여기가 어떻습니까?

에이어리가 제국에 대해서 잘 안다고 가정하는 태도에는 조금도 망설임이 없었다. 의외로 상대는 별생각이 없을 수도 있었다. 에이어리도 크게 의심하지 않고 거리를 보았다.

사람들의 옷차림이 제국의 귀족에 비해 화려하다고 보기는 어려웠다. 황금으로 난간의 창살을 만드는 제국 수도의 저택에 필적할 건물도 보이지 않았다. 그러나 사람들은 다 깨끗한 옷을 입고 윤택해 보였다. 포장된 길은 깨끗하고 가지런히 지어진 건물들은 거슬리는 부분이 없었다.

–대단하군요.

–그렇죠?

–마치 상상 같아요.

–극찬이시군요.

–아니, 상상 속에 나오는 세상 같아요. 이유는 모르겠지만 현실감이 떨어지네요. 예전에도 비슷한 경험을 한 적이 있는 것 같은데.

–그래서 오늘 밤 어디서 묵으시겠습니까? 방문객을 위한 숙소가 이 구역에 하나 있습니다. 원한다면 안내해 드리겠습니다.

대장장이 왕은 말하는 사람의 눈에 살짝 핏발이 선 것 같다고 느꼈지만 그거야 잠을 제대로 못 자도 그런 일이라 그냥 넘어갔다. 나중에 생각해 보면 모든 것이 조금씩 이상하다는 것은 실제로 이상한 일이 도사리고 있다는 뜻이었다.

–하지만 아직 해가 하늘 꼭대기에서 내려오지 않았으니 좀 더 이 나라를 구경하고 싶은데요. 그리고 전 수도로 가려고 하는데 이 나라의 수도는 여기서 얼마나 걸리죠?

–수도는 왜 가십니까?

–한 나라를 방문했으면 수도를 구경하는 것은 당연한 일이죠.

–그러나 가난을 피해 일하러 오셨다고 하지 않았습니까?

그렇다면 구경보다는 일자리를 구하는 게 우선이지요. 다행히 여기에는 일자리가 많습니다. 원하신다면 하나 주선해 드리지요.

–그러나 자유 동맹의 수도에 가 보는 것은 오랜 소원이라서요. 일자리가 많다면 수도를 구경하고 돌아와서 구해도 늦지 않겠네요.

둘의 대화에서 팽팽한 긴장이 느껴졌다. 자유 동맹 사람의 뻣뻣해진 얼굴은 이제 처음 만났을 때와 같은 친절함이 사라져 어쩌면 중간에 사람을 바꿔치기한 것 같았다. 에이어리는 처음 만난 사람이 탐색하는 것을 알면서도 끝내 용건을 밝히지 않았다. 거기에는 까마귀들의 수장 작이 기여한 부분도 있었다.

–그건 안 됩니다. 자유 동맹의 수도는 허가가 있어야만 들어갈 수 있습니다.

–하지만 자유, 자유 동맹이잖아요? 그런 건 자유가 뜻하는 게 아니에요.

–자유라는 말의 의미는 여러 가지가 될 수 있습니다. 내가 상대를 죽이고 싶다고 칼로 찔러서 죽이면 그건 자유입니까?

에이어리는 그런 종류의 궤변과 맞서는 일을 즐기는 편이었으나 하필 그 순간에는 이상한 기운들을 탐지하는 데 정신력을 쏟는 중이라 대답할 말이 생각나지 않았다. 그렇게 되면 상대방에게 지는 셈이고 우위를 빼앗기는 셈이라 당장 반격해야 하는데 고작 떠오른 말은 별 볼 일 없었다.

– 그러니까 하고 싶은 말은, 내가 자유 동맹의 수도에 가는 것이 당신들이 자유 속에 만들어 놓은 규칙을 어기는 일이니 그럴 수 없다는 말인가요?

– 바로 말씀하셨습니다.

– 그러니까 여기는 자유로운 자유 동맹이지만 나는 정해진 숙소에서 오늘 밤을 보내고 정해진 지역에서 정해 준 일을 하며 지내다가 나가야 한다고요?

– 그렇죠.

– 그게 자유 동맹의 실체라고요?

– 뭐라고 말씀하셔도 좋습니다. 진정한 자유란 외부에서 떠드는 말로부터 자유로운 것을 의미합니다. 남의 말을 좇으면 아무것도 이루어지지 않습니다.

에이어리는 그쯤에 가서 눈과 얼굴에 혈관이 돌출된 이 대화 상대가 자유 동맹에서 맡은 역할이 외부에서 방문한 사람을 우연히 만난 것으로 가장해 조사하는 것임을 거의 확신할 수 있었다. 그렇다면 아무리 떨쳐 놓으려고 해도 소용이 없을 터였다.

데스커드가 있었다면, 아니, 그의 무력도 여기서는 쓸모가 없었다. 에이어리는 어쨌거나 제국의 뜻, 눈이 녹는 봄에 시작될 전쟁에 힘을 보태 달라는 말을 전하러 왔다. 어쩌다가 그런 역할을 맡게 되었는지 지금에 와서는 이해가 가지 않았고 또 맡지 말았어야 할 일처럼 느껴지기도 했다.

대장장이 왕이 옛 황제 대신 새 황제 편이 되는 것이 세상을 위해 더 이로운 일이라고 확신할 수 있을까? 옛 황제가 자신을 죽이려고 했기 때문에 악이라고 말하는 것이 정당할까? 에이어리는 사실 그런 의문을 해결하지 못한 채 아크마트의 그 음한 권유 때문에 자유 동맹에 온 참이었다.

그런데 시작부터 사람을 때려눕혔다가는 그 결말이 어디로 향하게 될지 뻔했다. 그의 손목에서 빛나고 있는 차가운 팔찌 역시 평화적인 해결책은 될 수 없었다.

–어쩔 수 없군.

–뭐가 말이죠?

–어쩔 수 없이 말해야겠어. 나는 대장장이 왕입니다.

–뭐라고요?

상대가 알아듣지 못해서 에이어리는 한 번 더 힘주어 또박또박 말했다.

–나는 대장장이 왕입니다.

–대장장이는 아는데 대장장이 왕은 뭐죠? 대장장이도 왕이 있어요?

그때 에이어리가 받은 충격은 의외로 컸다. 그가 대장장이 왕이 된 이후로 그의 정체를 듣고 그렇게 되묻는 사람을 처음 만난 덕분이었다.

–정말 모른다고요?

–정말 모릅니다.

에이어리는 그런 의미 없는 대화를 주고받다가 상대의 말이 진심이라는 것을 깨닫고 자유 동맹 사람들은 대장장이 왕에 대해 전혀 모른다는 것을 받아들였다. 상대는 에이어리에게 결백을 증명하는 의미로 지나가는 사람 두어 명을 붙잡고 물었는데 모두 눈알을 굴리며 그런 말은 처음 들어 본다고 했다. 그들의 태도는 꾸며낸 것 같지 않았다.

–대장장이 왕도 왕 중의 하나이니 나는 여러분의 지도자들을 만나야 합니다. 중요한 임무를 띠고 왔어요.

–그런데 혼자 오셨다고요? 왕이라면 마땅히 수행원이 있어야 할 텐데요? 옷도 별로 왕처럼 보이지 않고요.

–그들은 각자 사정이 있어서 중간에 헤어졌소. 어쨌든 나는 왕이니 왕답게 대우해 주시오. 그대는 이 나라의 관리인 것 같으니까.

에이어리는 왕처럼 보이기 위해 말투를 바꾸었다. 듣던 사람은 깜짝 놀라면서 자기 정체를 어떻게 알았는지 물었다.

–왕이니까. 왕은 모든 것을 알지.

–그렇다면 잠깐, 잠깐만 실례하겠습니다.

에이어리는 길 한가운데 우두커니 서서 지나는 사람들을 구경했다. 그들은 평화로워 보였으나 에이어리의 마음에 들지 않는 구석이 있었다. 굳이 설명하자면 지난번 만났던 대장장이 신을 섬기는 사람들과 비슷하게 마음에 들지 않았다.

–대장장이 왕께 결례를 범했습니다. 숙소로 모시겠습니다.

어느덧 다가온 사람이 에이어리에게 깊이 고개를 숙였다. 태도를 보아 먼젓번 사람의 상관인 듯했다.

에이어리는 제국보다 수수하지만 그래도 만족스러운 숙소로 안내되었다.

그리고 일주일이 지나갔다.

자유 동맹을 이끄는 지도자는 대략

일곱 명에서 열 명 정도 되는 것으로 알려져 있다.

그들은 시민 대표라고 불린다.

정원은 열 명이지만 결원이 생기면

새로운 사람을 뽑는 데 시간을 많이 들여

사람 수가 모자랄 때가 많다.

모든 사안은 다수결로 결정되지만

반대자가 세 명 이상이면 논란이 있는 문제로 보고

안건을 통과시키지 않는다.

옛날에 한번 세 사람이 힘을 합쳐 모든 안건을

부결시키며 제도의 약점을 공격한 적이 있었다.

그들 셋은 하룻밤 사이에 한꺼번에 실종되었는데

지금도 행방을 아는 이가 없다.

# XV

## 에이어리가 자유 동맹을 침략하고 지도자와의 면담을 요구한다

일주일이 지나갔다. 아침과 간식과 저녁이 나오나 방문자는 없었다. 오가는 하인들에게 물어보아도 그들은 아는 것이 없다고 했다. 그럼 누구의 하인이냐고 물으면 항상 같은 대답이 나왔다.

–저희들은 하인이 아닙니다. 그저 계약을 맺고 일하는 겁니다. 자유 동맹에는 하인 같은 것이 없습니다. 모두가 평등합니다.

아침마다 모여서 구호를 외치고 외우지 못하는 자를 혼내는 것처럼 같은 말만 반복했다. 억양까지 비슷한 것을 보면 사전에 훈련한 것이 분명했다.

–대체 이 나라는 어떻게 된 거야? 사람들이 모두 평등하고 아름다운 나라인 척하지만 어째서 내 눈에는 모든 게 인형극처럼 어색하게 보이는 거지?

에이어리는 그들에게 여전히 바락 나지에라는 가짜 이름으로 알려져 있었다. 바락 나지에는 자기가 느끼는 위화감의 원인이 무엇인지 생각하면서 시간을 보냈다. 어쩌면 그가 선하고 아름다운 것을 견디지 못하는 비뚤어진 인간이어서 그런 것이 아닐까 철저하게 자기반성에 임한 날도 있었다. 결론은 그가 비뚤어진 면이 있기는 하지만 이유 없이 불편함을 느끼지는 않는다고 정해졌다.

정말 답답한 일은 모든 문제를 상의할 사람이 없다는 것이었다. 데스커드가 같이 왔다면 아리셀리스가 동행했다면 대화를 나눌 상대라도 있었을 텐데, 혼자서 생각만 하고 말할 수가 없으니 울화통이 터지고 참을성이 점점 적어졌다.

일주일이 지나자 드디어 달이 바뀌었다. 봄이 오기까지 두 달 정도가 남게 되었다. 두 달 뒤 오셀롯이 지배하는 제국 정예군 절반과 루 도인 군대가 동쪽에서 짓쳐들어올 예정이었다. 내전이라고는 하지만 얼마나 많은 사람이 죽고 다치고 집과 땅과 밭을 잃을지 짐작할 수도 없었다.

그제야 에이어리는 자유 동맹의 목적이 그를 감금하고 시간을 끄는 것임을 어렴풋이 눈치챘다. 어쩌다 만나는 사람들에게 언제쯤 만남이 이루어지는지 물으면 그들은 맡은 역할이 아니라서 알 수 없다고만 답했다. 그 역시 준비된 말처럼 모두의 입에서 나오는 내용이 같았다.

-옛날이야기에서 보면 모험하는 주인공은 항상 감옥에 갇히지. 나는 대장장이 왕이니까 감옥에 갇히면 곧바로 문을 열거나 벽을 부수고 나올 테니까 그런 일은 없을 거라고 생각했어. 하지만 이렇게 교묘한 감옥에 가두어 놓으니 꼼짝없이 일주일을 낭비한 거야.

말 상대가 없어서 에이어리는, 바락 나지에는 혼잣말하는 버릇이 생겼다. 다시 데스커드를 만난다고 해도 고쳐질지 확신할 수 없었다.

-이렇게 된 이상 저질러 보는 수밖에 없군. 아니야, 그래도 그렇게 하면 자유 동맹은 제국의 요청을 거절할 거야. 어차피 나를 이렇게 대하는 걸 보면 거절할 생각인가?

에이어리는 그렇게 혼자 중얼거리면서 옷을 챙겨 입었다. 어깨를 가로지르는 가죽띠가 달린 상의와 검은 물감으로 물들인 자유 동맹 최신 유행 바지에 카니세리움 가죽으로 만든 장화를 겹쳐 신었는데 그 신발은 몇 년째 에이어리가 매일 신는 것이었다. 밑창이 떨어질 때마다 수리하는 것은 대장장이 왕에게 어려운 일이 아니었다.

옷을 다 입은 다음에는 자유 동맹에서 제공한 장갑을 끼었다. 겉보기에는 투박해 보이는 가죽이었는데 막상 손가락을 넣으면 움직임이 편하고 손가락에 닿는 촉감이 좋았다.

–이런 일을 할 거라면 아리셀리스 님이 함께 있었으면 좋았을 거야. 그랬다면 내가 힘을 쓰지 않아도 충분했을 텐데.

에이어리는 아루에 고개를 넘으면서 벌였던 한바탕 난리를 생각하고 혼자 웃음을 터뜨렸다. 그 눈보라를 정면으로 뚫은 사람은 아마 이전에도 앞으로도 나오지 않을 것 같았다.

준비를 마친 다음 막 나가려는데 하인이, 자유로운 계약을 맺고 일하는 사람이 들어왔다. 에이어리의 시중을 드는 사람은 자주 바뀌었는데 그중 에이어리가 가장 못마땅하게 여기는 사람이었다. 개비인지 가비인지 이름이 기억나지 않았는데 아무튼 대장장이 왕에 대한 예우를 갖추지 않는 무례한 사람이었다.

–어디 가십니까?

–지도자들과 면담을 요청한 지 한 주가 지났는데 반응이 없는 걸 보면 완곡한 거절의 뜻을 표현했는데 내가 알아차리지 못하는 거겠지. 그래서 이만 돌아갈 생각이오.

–그건 승인이 있어야 가능한 일인데요?

–대장장이 왕이 가고 싶으면 가는 거야.

–그게 그렇지가 않습니다.

에이어리는 상대의 태도를 보고 자신의 무신경함을 한탄했다. 길거리를 지나는 낯선 사람에게도 관리가 붙는 나라에서 대장장이 왕의 시중을 드는 사람이 평범한 고용인일 거라고 생각하다니 참으로 어리석고 또 어리석은 일이었다.

–그러면?

–보고하면 승인이 내려올 겁니다.

–아마 일주일 정도 걸리겠지?

–더 걸릴 수도 있고요.

–그건 타국의 왕에 대한 예의가 아니지. 나는 한시가 급한 문제를 처리하러 왔다고 했는데.

–당신은 진짜 왕이 아니지 않습니까? 땅도 백성도 군대도 없는데요.

가비, 아니면 개비는 무심코 자기 속마음을 드러냈다. 그는 에이어리를 이름만 왕이고 아무 능력도 없는 놈팡이 정도로 생각하고 있었다. 정말 이 나라 사람들은 대장장이 왕에 대해 제대로 아는 것이 없었다.

–그대는 잘 모르겠지만 초대받은 왕에게 불경스러운 짓을 하면 손님은 그 즉시 처벌할 권한을 가지고 있지. 이건 만국 공통의 규칙이야.

–대체 그게 무슨.

에이어리는 그가 말을 끝낼 틈을 주지 않고 옆 테이블 위의 무늬가 요란한 천 끝을 당겼다. 그 위에는 유리병과 잔이 있었는데 거친 기세를 당하지 못하고 깨지는 소리가 났다. 에이어리가 손목을 한 번 비틀자 천 조각들은 밧줄처럼 여러 갈래로 얽혔고 유리가 점점이 박혔다. 겉보기에도 꽤 위협적인 무기였다.

가비인지 개비인지는 그 틈을 노리지 않고 주머니칼을 꺼내 들었는데 그 자세가 에이어리가 예상했던 것처럼 능숙했다. 분명 그도 나라를 위해 일하는 자였다.

–무리한 짓은 하지 않는 게 좋을 겁니다. 무슨 요술을 부렸는지 모르겠지만 자유 동맹의 시민에게는 자기를 방어할 권리가 있으니 여차하면 당신을 죽여도 무죄가 됩니다.

–나를 죽일 수 있다면 말이지.

가비인지 개비인지, 하나로 정하고 싶지만 에이어리는 아직도 확신이 생기지 않았다. 아무튼 그가 에이어리를 향해 다가오려다가 문득 자기 몸의 이상을 깨닫고 아래를 내려다보았다. 돌로 된 바닥이 언제 찰흙처럼 녹았는지 그의 발등과 발목에 엉겨 족쇄를 채운 모양으로 변한 다음 다시 굳어 있었다.

–이런 미친.

–아무도 미치지 않았다네. 대장장이 왕이 화가 좀 나고 그대가 좀 무례했을 뿐이지. 내가 어떤 사람인지 알았더라면 방심하지 않았을 거야.

에이어리의 손에는 여전히 임시로 만든 채찍이 들린 상태였다. 유리 조각이 소동 중에 열린 커튼 사이로 들어오는 빛에 반짝거렸다. 에이어리는 채찍과 가비인지 개비인지를 번갈아 보았다.

–살려 주십시오.

–그건 잘못된 표현이야. 이런 것에 맞으면 물론 아프겠지만 죽지는 않을 거야. 그리고 난 그대를 죽일 생각이 없어.

–그러면 때리지 말아 주십시오.

–그것도 불필요한 말이야. 처음에는 그대를 때릴 생각으로 이걸 만들었지만 생각해 보니 고문은 내 방식에 맞지 않아. 하지만 괜히 때리지 말아 달라고 말하면 한 대 때리고 싶어지니까.

–그러면.

가비인지 개비인지는 다음에 무슨 말을 해야 좋은지 생각이 나지 않았다. 에이어리는 안타까움에 머리를 흔들었다.

–데스커드라면 다음에 뭐라고 말해야 할지 곧바로 정했을 거야. 그건 똑똑하지 못한 녀석치고는 제법 재치가 넘치는 내용이겠지. 하지만 그대는 그저 묵묵하게 주어진 일만 하는 바보인 것 같군.

가비인지 개비인지는 그 말에 적당히 반응할 방법도 생각해 내지 못했다. 에이어리가 그의 이름이 가비인지 개비인지 확인하려면 지금이 마지막 기회였다. 그러나 어떤 것들은 불확실한 상태로 남겨 두어도 괜찮다. 에이어리는 그렇게 생각하며 세상에서 가장 산뜻하고 편안한 감옥을 나섰다.

아니, 나서기 전에 반 시간 정도를 활용해서 무언가를 만들었다. 만들다 보니까 깨달음이 왔다. 마침내 자유 동맹의 정체에 대해서 알 수 있었다.

–아니야, 그럴 리가 없어. 하지만 그렇게밖에 설명할 수가 없어. 설마 여기로? 그건 아닐 거야.

에이어리는 이제 진짜로 감옥을 나왔다. 채찍은 버려두고 가비인지 개비인지에게 잘 지내라고 인사했다. 그의 발을 묶은 것은 백번 생각해도 옳은 일이었지만 채찍은 잔혹한 무기였다. 그걸 만든 것은 후회되는 일이었다.

–나도 화가 나면 지나친 일을 할 때가 있군. 하기는 오카브 스승님도 그러신 적이 있지. 우리가 문제가 아니라 사람이 본래 그런 존재인 거야.

에이어리는 혼잣말이 너무 많아지는 자신을 걱정하며 길거리를 걸었다. 사람들은 에이어리의 기괴한 꼴을 보고도 놀라지 않고 소리를 지르며 환호했다. 다만 몇몇은 뒤돌아 어디론가 달리기 시작했다. 굳이 밝히지 않아도 그들이 정부 관리라는 것을 알 수 있었다.

에이어리는 앞뒤로 나무판을 달고 걷고 있었다. 두 나무판을 끈으로 연결해서 목에 건 상태였다. 거기에는 대장장이 왕의 새 문자, 대장장이 왕 본인이 아니더라도 주변 사람 모두가 영향을 받는 내용이 적혀 있었다.

웃음의 왕이 나타나서 모두를 웃고 떠들썩하게 만드니 동참하라. 그러나 이 떠들썩한 분위기에 국가의 권력이 위협받을지도 모른다. 관리들은 지도자에게 지체 없이 가서 위급한 상황을 알려야 한다.

자유 동맹의 딱딱한 사람들은 아무도 대장장이 왕의 문자를 거부하지 못하고 떠들썩해졌다. 기분 좋게 떠들고 춤추는 대신 두 번째 암시를 받아들이는 사람들은 정부가 풀어 놓은 사람들이었다. 그들은 얼굴이 벌겋게 달아오르거나 반대로 핏기가 사라진 채 자기의 상급자를 찾아 뛰어갔다.

에이어리가 지나는 곳마다 사람들은 가을 단풍처럼 색이 변해 다른 사람이 되었다. 급격한 변화는 에이어리가 기대했던 것 이상이었다. 모르는 사람들에게 대장장이 왕의 새로운 문자를 쓰기는 처음이었다.

–그렇다면 전쟁터에 이 문자를 가지고 가는 것만으로 전쟁이 끝나는 것 아닌가? 어쩌면 자유 동맹의 지도자에게 도움

을 청할 필요도 없겠군.

에이어리는 그런 생각을 하면서 계속 걸었다. 에이어리가 지나는 곳마다 사람들은 환호성을 질렀는데, 그것은 마치 대장장이 왕의 진가를 알아본 사람들이 왕에게 바치는 경배처럼 느껴졌다. 비록 우스꽝스러운 몰골이었으나 에이어리는 마음이 뿌듯해져 더 당당하게 걸었다. 나무판에 자꾸 부딪는 무릎이 슬슬 아픈 것만 빼면 모든 것이 순조로웠다.

몇몇은 에이어리 덕분에 신이 난 것도 모자라서 그의 뒤를 따라 걸었다. 어린아이만 그런 것이 아니라 개중에는 어른들도 꽤 있었다. 그렇게 되고 보니 대장장이 왕이 순간적으로 반란군의 지도자라도 된 듯했다.

다리와 발이 피로함을 느껴 잠시라도 쉬어 갈 것을 요청하게 된 것은 걷고 또 걸은 다음이었다. 그사이 해가 하늘을 쑥 지나간 것이 확연히 눈에 띌 만큼 시간이 흘러 있었다. 여전히 행렬이 뒤따라오고 있었으나 그 구성은 처음과 완전히 바뀌었다. 신나게 따라오던 사람은 언제부터인가 지쳐서 뒤처지고 새로운 사람이 붙었다.

그런 일이 반복되자 에이어리는 자신의 생각, 대장장이 왕의 새로운 문자로 전쟁을 막는 것이 어려운 이유를 깨달았다. 문자의 효과는 일시적이었지 영원하지는 않았다. 설령 전쟁터 한복판에 문자를 새겨 전쟁을 막는다고 해도 군인들은 저녁밥을 지어 먹은 다음에 배가 든든해지면 다시 상대를 죽이려 나설 것이다. 예전에 오카브가 그랬듯이 몸에 문자를 직접 쓰면 효과가 더 오래 가겠지만 모든 사람의 몸에 그런 것을 쓸 수 있을 리가 없었다.

에이어리는 자기가 행진하는 도중에 마을이 사라지고 인적이 드물게 되면 추종자가 사라질까 걱정했다. 그러나 자유 동맹은 제국과 같지 않았다. 제국은 땅이 남아 마을이 띄엄띄엄 떨어져 있고 그사이에는 아무것도 없는 너른 들이 이어졌지만 자유 동맹은 도시와 마을이 다닥다닥 붙어서 남는 공간이라는 것이 없었다. 좁은 땅에 사람들이 모여 사는 까닭이었다.

중간에 병사처럼 옷을 차려입은 자들이 몇 명씩 나타나 길을 막기도 했지만 에이어리의 문자에 매혹되어 그들도 같은 편이 되었다. 에이어리는 그제야 자기 모습이 자유 동맹을 정말 침략하는 것 같다는 생각을 떠올렸다. 그러나 이제 와서 되돌렸다가는 적에게 잡혀 감금되거나 더한 꼴을 당할 테니 내친 걸음을 멈출 방법도 없었다.

지도자 비슷한 사람과 만난 것은 오후가 다 지나 저녁이 되어서였다. 그는 매우 영리한 사람으로 에이어리가 풍기는 힘의 영향력을 간파하고 있었다.

-거기, 다가오지 마십시오.

멀리서 우렁차게 외치는 소리를 듣고 보니 다른 자유 동맹 사람보다 화려하고 거룩한 옷을 입은 데다가 보통은 쓰지 않는 모자까지 쓴 중년의 남성이 눈에 들어왔다. 모자는 구운 빵처럼 커다랗게 부풀어 아래에 있는 사람의 얼굴을 초라하게 만들고 있었다.

-나는 자유 동맹의 시민 대표 중 하나인 하무라입니다. 어째서 우리 나라에 혼란을 만드십니까?

-나는 대장장이 왕입니다.

에이어리의 대답을 듣고 얼굴에 스치는 변화를 관찰해 보니 그는 분명 그 존재에 대해서 알고 있는 것 같았다.

-대장장이 왕께서 이곳에 오신 줄은 몰랐습니다.

상대는 겸연쩍게 예의를 표시하느라 엉거주춤한 동작을 취했다. 에이어리도 대충 화답했는데 예의를 차리기에는 둘 다 영 내키지 않는 자리였다. 둘의 거리는 여전히 떨어져 있는 데다가 대장장이 왕의 문자가 끼치는 영향을 받은 사람들이 시끄러워서 대화가 제대로 되기 어려웠다. 에이어리는 상대가 막무가내로 나설 사람이 아니라고 생각해 몸에 걸치고 있던 나무판을 벗은 다음 앞뒤 문자에 획을 더해 그 효과를 무효로 했다.

대장장이 왕의 문자는 꼭대기에 수박 꼭지 같은 획 하나를 더함으로써 모든 내용이 무효라는 것을 표시할 수 있었다. 물론 대장장이 왕의 문자를 모르는 이가 대충 그려서는 효력이 생기지 않았다.

갑자기 문자에서 해방된 사람들은 갑자기 움직임을 멈추거나 픽 쓰러졌다. 가벼운 혼란이 일어났다. 사람들은 도망치거나 가만히 서 있거나 무릎을 꿇거나 쓰러진 사람을 부축하거나 혼자 중얼거리는 것으로 마음의 동요를 감추려고 했다. 에이어리는 그 모습을 보고 그들만큼이나 당황했으며 자신이 함부로 힘을 쓴 것을 후회했다.

우스꽝스러운 나무판을 벗어 던지고 몸이 가벼워진 대장장이 왕이 하무라를 향해 다가서자 사람들이 좌우로 갈라져 길을 내주었다. 대장장이 왕은 비로소 자신이 왕으로 대접받는다는 느낌을 받았으나 마음 한구석의 부끄러움은 아직 완전히 사라지지 않았다. 그가 여기에 오기까지 택한 방식은 왕의 위엄과는 거리가 멀어도 한참 멀었던 것이다.

–저는 여기 오셨다는 것을 몰랐습니다. 알았다면 이렇게 대접하는 일은 없었을 겁니다.

에이어리는 이어지는 그의 공치사를 들으며 초조감을 억눌렀지만 원하는 대로 되지 않았다.

–지금 당신들, 시민 대표는 몇 명이나 있습니까?

–현재는 한 분이 병으로 휴직한 상태로 여섯입니다. 두 명이 심사를 받고 있으니 곧 여덟.

–그중 하나인가요? 아니면 어둠에 숨어서 당신들과 따로 만나나요?

–무슨 말씀이십니까?

하무라는 정말로 영문을 모르겠다는 듯이 물었다. 에이어리는 그의 눈에서 어울리지 않는 공포를 읽었다. 어째서 무서워하지 않아도 되는 질문을 무서워하는가, 시민 대표여.

–나는 그를 만나야겠습니다.

여기서 에이어리는 그를 지칭할 때 일반적으로 사용되는 남성형이나 여성형 대신 중성 객체 표현을 썼는데 사람에게는 그 말이 붙는 법이 없었다.

–그의 이름은 정확히 모르겠습니다. 아마 크릉홍다르흐는 아니겠지요. 어쨌든 나는 당신들의 진짜 지도자를 만나야겠습니다. 그는 처음부터 모든 걸 보고 있으면서 나를 놀렸을 테니까요.

## ✦ 작품 해설 ✦

# ‘가능세계론’으로 본 『대장장이 왕』

오세란 문학평론가

10권으로 완결 예정인 『대장장이 왕』 5권을 읽었다. 목표 지점을 향한 길을 반쯤 함께 걸은 셈이다. 5권을 읽었지만 앞으로 남은 여정이 어떻게 펼쳐질지 여전히 예상하기 쉽지 않다. 이야기를 반 정도 읽은 지금, 이 다채로운 상상의 텍스트를 어떻게 읽는 것이 좋을지 작품에 담긴 판타지의 의미를 차분히 짚어 보며 숨 고르기를 해 보면 어떨까?

『대장장이 왕』은 본격 판타지 장르다. 지금까지 판타지 장르는 톨킨, 캐스린 흄, 로즈마리 잭슨과 같은 판타지 이론의 대가들이 들려주는 이론에 기대어 주로 해석되어 왔다. 톨킨의 정의로 풀어 보자면 이 작품은 우리가 사는 실제 세계가 아닌 2차 세계를 창조하여 낯선 공간으로 우리를 안내하는 하이 판타지다. 이러한 작품들은 독자가 현실 세계에서 벗어나 환상의 세계를 리얼리티로 느낄 수 있도록 작가가 판타지 법칙을 정교하게 구성하여야 한다. 캐스린 흄은 판타지 장르가 리얼리즘과 완전히 상반된 장르가 아님을 강조한다. 판타지나 리얼리즘은 모두 현실을 바탕으로 삼되 현실을 어떻게 재현할 것인지의 문제에서 차이를 보인다. 리얼리즘 서사가 현실의 재현이라면 판타지는 현실에서 벗어나려는 욕망이 불러온 환영이다. 로즈마리 잭슨은 판타지 장르는 현실 세계를 전유하여 전복하고 저항하는 힘을 가질 때 강력한 판타지의 힘을 갖게 된다고 강조한다.

이들의 판타지 이론은 현실을 기준으로 판타지를 바라본다. 현실 세계를 디폴트값으로 두고 판타지의 세계가 그와 어떻게 다른지 구별하고 있는 것이다. 이러한 이론을 적용하여 『대장장이 왕』을 살필 수도 있지만 조금 더 재미있게 이야기해 볼 수 있는 색다른 이론이 '가능세계론'이다. 모든 이론은 변화하는 시대와 사회에 조응하여 새롭게 시야를 넓혀 방향을 제시한다. 따라서 판타지를 새롭게 분석할 수 있는 '가능세계론'으로 이 작품을 살펴보는 것도 의미가 있을 듯하다.

## 가능세계론과 판타지 세계

가능세계론•은 문학 연구에 앞서 물리학, 논리학이나 언어학 등에서 출발한 이론이다. 이 이론은 인간이 세계를 어떻게 인식하는지에 관심을 가지고 있다. 우리는 눈앞에 보이는 세계를 실제 세계로 여기고 인식하며 살아간다. 따라서 실제 세계에 갇힌 우리가 시야의 한계를 벗어나려면 '존재 가능한 세계'로 시선을 돌려야 한다.

가능 세계에 관한 본격적인 논의는 철학자 라이프니츠에서 출발한다. 라이프니츠에 따르면 신이 창조했다고 여겨지는 실제 세계 외에도 수많은 가능 세계가 존재할 수 있다. 이 말에서 우리는 언뜻 SF 장르에 종종 등장하는 평행 세계를 떠올리게 되지만 평행 세계가 현실과 다른 세계를 수학적 가능성으로 접근한 것이라면 가능세계론은 방대한 정보의 바다에서 하나의 텍스트의 세계를 구현한다는 차이를 보인다.

• 이번 장에 소개하는 '가능세계론'은 2023년 11월 17일 열린 2023년도 한국언어문학회 전국학술대회에서 발표된 발표문 「가능세계론으로 본 고전 서사와 문화콘텐츠 서사의 세계관: K-컬처의 독창성과 보편성 확보를 위한 시론」(오세정, 충북대, 한국언어문학회 발표자료집)을 참조했다.

이러한 다양한 학문을 토대로 삼아 문학에서의 가능세계론은 파벨(Thomas Pavel), 루이스(David K. Lewis), 라이언(Marie-Laure Ryan) 등의 연구가 대표적이다. 가능세계론에서는 세계를 세 과정으로 구분한다. 첫 번째는 현실 세계(actual world)로 우리가 살고 있는 세계이며 작가도 이 세계에 살고 있다. 두 번째는 텍스트의 세계(textual actual world)로 인물이나 서술자는 이 세계에 위치한다. 현실 세계와 텍스트의 세계는 유사할 수도, 그렇지 않을 수도 있다. 여기까지는 우리가 알고 있던 현실과 텍스트의 관계에 대한 보편적 설명이다. 앞에서 제시한 판타지 이론은 이 지점까지 반영되어 있다. 중요한 것은 세 번째의 세계다. 텍스트의 세계를 가능하도록 지시하고 참조한 곳이 어디냐는 것이다. 텍스트의 세계를 만들기 위해 참조한 지식과 정보, 현실 등등의 총체, 그것들이 모여 있는 곳이 텍스트의 지시 세계(textual referential world)로 우리가 흔히 말하는 '세계관'에 해당한다.

'가능세계론'은 이 세 세계의 존재가 아니라 세 세계의 관계 양상에 주목한다. 리얼리즘 서사는 현실 세계와 텍스트의 세계가 유사할 뿐 아니라 텍스트의 세계를 창조하기 위해 참조한 텍스트의 지시 세계도 현실에 바탕을 둔다. 판타지는 어떨까? 가령 의인 동화의 경우 동물이 인간처럼 등장하는 텍스트의 세계는 판타지지만, 작품이 알레고리로 현실의 문제를 이야기하고자 한다면 결국 텍스트의 지시 세계는 현실이 된다. SF 작품들은 이보다 스펙트럼이 넓지만 SF 속 세계를 구현하기 위해 참조하는 지식과 정보, 작가가 말하고자 하는 메시지 등은 현실에서 확장된 과학적 지식이나 현실의 사건을 심화한 경우가 적지 않다. 즉 텍스트의 지시 세계는 현실과 연결되어 있으며 독자는 현실에 서서 현실 세계와 텍스트의 세계를 지속적으로 비교하게 된다.

본격 판타지의 경우 텍스트를 만들기 위해 참조하는 텍스트의 지시 세계에는 문학의 고전이나 구비 문학을 비롯하여 방대한 정보와 지식, 텍스트 외적 정보로 가득하다. 참고로 이런 판타지는 작가가 만들어 낸 정보의 원천을 독자가 알고 있으면 텍스트 해석에 더 큰 재미를 느낄 수 있다. 작가는 방대하게 수집한 자료를 텍스트에 집약하여 압축하며, 독자들은 이 압축을 풀어가는 동안 현실 세계를 넘어 새로운 세계를 만나게 된다. 때문에 본격 판타지에 가장 큰 환상이 담겨 있다.

『대장장이 왕』 역시 본격 판타지이므로 텍스트를 만들기 위해 참조하는 세계를 토대로 작가가 상상력을 발휘하여 작품을 만들었을 것이다. 그런데 이 작품이 이전의 본격 판타지와 한 차원 다른 점은 우리는 이미 탈근대 사회에 살고 있으므로 자연스레 '탈근대'라는 시대적 세계관이 반영되면서 고전 판타지보다 한층 복잡해졌다는 점이다. 가령 이 작품에 등장하는 '카니악과 카니세리움'은 고전적 의미의 괴물로 볼 수도 있지만, 포켓몬스터 같은 게임적 요소의 도입으로 볼 수도 있다. 이렇듯 탈근대의 시대에 창작되는 하이 판타지는 텍스트의 지시 세계가 방대해질 수밖에 없다.

## 『대장장이 왕』을 만들어 낸 상상의 비밀

좀 더 구체적으로 가능세계론을 접목하여 『대장장이 왕』이 가진 판타지로의 힘, 상상력의 원천을 살펴보자. 가능세계론으로 볼 때 『대장장이 왕』은 텍스트에 현실 세계를 재현하거나 반영하려는 목표를 가지고 있지 않다. 우리가 사는 현실과 얼마나 닮았는지 혹은 현실을 어떻게 풍자하거나 비판할 것인지 나아가 우리는 어떤 현실을 만들어야 할지 등은 이 작품의 주요 관심사가 아니다. 현실 세계와 불연속적으로 존재하는 낯설고 새롭고 독립적인 세계의 창조와 탐색이 작품의 일차적 목표다.

그렇다면 『대장장이 왕』의 바탕이 되었을 텍스트의 지시

세계를 상상해 보자. 가령 내가 5권을 읽으며 흥미로웠던 대목은 1권부터 5권까지 꼭 한 번씩 등장하여 작품 속 세계를 조망해 주던, '나, 이름 없는 관찰자'가 자신이 1대 대장장이 왕이었음을 밝히는 장면이다. 나아가 그는 새로운 창조물을 만들 욕망에 사로잡혀 인간을 만들고자 시도했고 결국 '루 도인'을 창조했다고 고백한다. 여기서 '나, 이름 없는 관찰자'라는 서술자의 등장과 서술 방식 혹은 그가 '루 도인'을 창조하고자 한 욕망 뒤에도 텍스트의 지시 세계가 존재한다.

전지적 시점인 이 작품에서 '나, 이름 없는 관찰자'라는 일인칭 서술자가 등장하는 대목은 작품을 외부에서 보는 메타적 시선에 가까워 포스트모더니즘에서 주로 활용되는 서술 방식이다. 이를 통해 독자는 잠시 텍스트로의 몰입을 멈추고, 작가가 고민한 텍스트 세계의 설계를 추측하며 함께 동참할 수 있다. 또한 '대장장이 왕이 인간을 만들려던 시도'에서 우리는 창세 신화나 유래담을 언뜻 떠올리게 되지만 작품 속 사건은 창세 신화와는 다르다. 창세 신화의 경우 텍스트의 세계는 판타지일지라도 텍스트의 지시 세계는 현실에 근거해 있다. 당시 신화가 만들어진 지역에 살던 그 시대 사람들은 이야기를 실제 세계의 구성 원리로 여겼기 때문이다. 가령 박혁거세가 알에서 태어났다는 신화는 판타지이지만 신라인들은 이

사건을 신라가 건국된 출발 지점으로 여겼다. 이와 달리 『대장장이 왕』에서 대장장이 왕이 루 도인을 만든 사건은 독자가 현실을 의식할 필요가 없기에, 훨씬 자유로운 상상이 가능하다.

『대장장이 왕』의 공간을 살펴보면 이 작품에는 제국을 비롯하여 대장장이 왕과 사제들이 사는 신전, 여러 공국으로 쪼개진 스타인, 젤레즈니 왕국, 마법사의 나라, 에젠, 놋, 루 도인 등 다양한 나라가 등장하며 나라마다 건국의 유래, 역사, 흥망성쇠, 제도나 규범 등이 제각각이다. 작품 속에 등장하는 나라들은 인류 역사에 존재했던 왕국의 모델, 실제로 존재하지 않지만 고대 문학 작품에서 나오던 나라 등이 총망라되었을 것이다. 카니세리움을 비롯하여 작품에 등장하는 뱀, 말, 나비, 용, 도마뱀 등도 언뜻 현실에 존재하는 말이나 나비 등이 연상되지만 현실 세계에 사는 독자가 떠올리는 현실의 동물과 작품 속 생명체는 차이가 있다. 동물의 정보를 모아 재가공되었기 때문이다.

이 작품이 웅장하게 느껴지는 이유는 독자가 사는 현실 세계와 텍스트의 세계 간의 머나먼 거리와 텍스트의 세계에 숨겨져 있는 광활한 텍스트의 지시 세계 때문이다. 이 거리와 스

케일이 '상상'을 창조하며 그것이 바로 판타지의 매력이다. 그런데 이러한 거리와 스케일이 커질수록 판타지 읽는 재미가 배가될 수도 있지만 반대로 감당하기 어려울 수도 있다. 그렇다면 이 작품을 어떻게 읽으면 좋을까? 하나는 텍스트의 지시 세계, 즉 텍스트에 참조했을 다양한 정보를 추측하며 그에 따라 더욱 풍부해지는 해석에서 즐거움을 느끼는 것인데, 그것은 쉽지 않을 수도 있다. 작가가 다양한 정보를 인코딩(encoding)해서 담은 텍스트의 세계를 풀면 광활한 두루마리가 펼쳐지겠지만 독자들이 그대로 풀어내기는 어렵기 때문이다. 다행스럽게도 우리에게는 또 다른 독서 비법이 있다. 작품을 읽으며 작가가 만들어 준 텍스트를 바탕으로 독자 나름의 자유로운 세계를 창조하는 것이다. 그럴 때 저마다 『대장장이 왕』의 세계에서 에이어리를 만날 수 있을 것이고, 나는 내가 좋아하는 투란과 아네시와 대화를 나눌 수 있을 것이다.

# 대장장이 왕 5

나, 이름 없는 관찰자가 사실과 상상이 뒤섞인 기억을 고백한다

**초판 1쇄 인쇄** 2024년 3월 6일
**초판 1쇄 발행** 2024년 3월 13일

**지은이** 허교범
**펴낸이** 이승현

**출판3 본부장** 최순영
**어린이 문학 팀장** 박현숙
**편집** 김민정
**키즈 디자인 팀장** 이수현
**디자인** 진예리

**펴낸곳** (주)위즈덤하우스
**출판등록** 2000년 5월 23일 제13-1071호
**주소** 서울특별시 마포구 양화로 19 합정오피스빌딩 17층
**전화** 02) 2179-5600 **내용문의** 02) 2179-5707
**홈페이지** www.wisdomhouse.co.kr



ISBN 979-11-7171-172-7 44810
979-11-6812-417-2 (세트)